第一辑

汉字细说

林藜 ◎ 著

花山文艺出版社

河北·石家庄

图书在版编目（CIP）数据

汉字细说. 第一辑 / 林藜著. -- 石家庄：花山
文艺出版社，2021.9
ISBN 978-7-5511-5862-6

Ⅰ.①汉… Ⅱ.①林… Ⅲ.①汉字—通俗读物
Ⅳ.①H12-49

中国版本图书馆CIP数据核字(2021)第113944号

书　　名：**汉字细说. 第一辑**
著　　者：林藜
策　　划：张采鑫　崔正山
责任编辑：张采鑫　李　鸥
特约编辑：崔人元
责任校对：李　鸥
装帧设计：今亮後聲 HOPESOUND · 万聪
　　　　　2580590616@qq.com
美术编辑：胡彤亮
出版发行：花山文艺出版社（邮政编码：050061）
　　　　　（河北省石家庄市友谊北大街 330 号）

销售热线：311-88643221
传　　真：0311-88643234
印　　刷：北京天宇万达印刷有限公司
经　　销：新华书店
开　　本：710×1000　　1/16
印　　张：16
字　　数：200 千字
版　　次：2021 年 9 月第 1 版
　　　　　2021 年 9 月第 1 次印刷
书　　号：ISBN 978-7-5511-5862-6
定　　价：65.00 元

出版前言

汉字是观念的符号，是思考最有力的工具，我们的思想，几乎就是内在的汉字组词造句活动。同时，当我们表达情意、传递知识的时候，汉字也是极重要的媒介。因此，现代社会更加重视基础语文教育，而社会也因语文教育的发达而文明日进。

《周礼》记载，士族子弟八岁就要开始学习，首先要学的就是"六书"，"六书"是文字声音义理的总汇。东汉许慎编撰的《说文解字》，将"六书"的概念进行归纳总结，明确为象形、指事、会意、形声、转注及假借，并分析汉字的来源及结构，讲解汉字不能随意增减笔画，移换位置的理据。

近年来，随着网络与通信技术的高度发达，人际互动日益活泼频繁，无纸化电子书写的快捷应用，让书写这件古人十分慎重、仪式感很强的事，变得十分轻易方便，随之书写的态度也为之轻率，往往任笔为体，随意杜撰，别字错字代字等常见于电子媒体之上。因此，语文能力、汉字应用能力的加强也就口渐重要。

前辈学者林藜先生根据多年的教学和著作经验，遴选、撰写了《一日一字》共1100多字的汉字丛书，从字义发展以及一般人最易混淆误用的字词进行分析与解读，并列举大量的古人经典示例，有很高的实用价值，收到了取精用宏的效果；出版之后，深受方家好评和广大读者欢迎。本次再版，精益求精，特请学养扎实、经验丰富的刘玉美女士等，在原版的基础上将内容重新进行了梳理与整理：

按照汉字的常用字规律与特点，第一辑筛选出其中最常用的100字，方便学习者入门，快速提升汉字的认知能力。

增加了汉字的演变过程，展现汉字在历史长河的发展进化过程，使字义解读更加有理可讲，有据可依，生动直观。

将原有的字义解读部分重新进行内容建构，从"字义源流""汉字连连看""说文解字"多个维度来表现，使内容路线更加清晰明了。"字义源流"梳理汉字字义发展的过程，并列举大量经典句例，讲解其不同的字义与字用；"汉字连连看"

将形近、音近等容易混淆出错的汉字，放在一起进行对比解读、分析；"说文解字"列举《说文解字》的具体内容，使字义解读更权威有据。

增加了历代名画的精美插图，插图是字义源流与诠释的补充与延伸，让内容更加直观生动，使汉字学习更加亲切活泼。同时，丰富多样的历代名画，不仅让读者受到艺术的熏染，还可以滋养其历史文化背景和知识。

如此，读者当能获得相加相乘的学习效果，并立即应用于学习、生活上。

原版自序

林　蓼

　　文字乃代表语言，以记述种种事物义理者也。《说文解字·序》曾言之："仓颉之初作书，盖依类象形，故谓之文；其后形声相益，即谓之字。"今人治学治事，均与文字之运用息息相关，苟能精确而得当，则对一事之成可期，学中文者切不可等闲视之！

　　有见及此，乃编纂本丛书（繁体首版分为十册，简体首版分作五辑），数年于兹，成效为众目所共睹，咸认此一简明小册，均能取精用宏，收效至巨。故年来回响函电，纷至沓来，爱护之情，溢于言表。

　　旋蒙各单位先后颁发奖状、奖牌，鼓励有加，而各方之反应则更见热烈，大有与日俱增之势，颇予笔者以极大之鼓舞。兹更为配合时代之需求，乃略予补充书中内容，每册增为约百十五字，共收一千一百余字，其附述之字汇尚未计入。在此浩如烟海之中国文字中，虽属戋戋之数，但能彻底了解运用，将亦可为人生之一大助。

　　至于本书之撰成，取材广泛，审音多据《广韵》《中原音韵》《中华新韵》及《国语大辞典》，而释义则参酌《说文解字》

《辞源》《辞海》《形音义大辞典》《国语日报辞典》及《大林国语辞典》等要籍，更参酌多年来教学之心得，及搜自日常最易混淆之错字、讹音一一加以比较辨正而成。此虽系一简明之识字小册，然期能借此聊作对中国汉字之整理，及社会教育之推行上略尽绵薄之力。

又本书之撰作，既以社会大众为对象，故仅就一般性之文字作简介，而艰深晦涩之词字语音，则多略而不谈，务以合乎大众化为准则。今也不揣谫陋，起而撰辑是书，唯以撰写仓促，错漏在所难免，尚祈海内外方家有以教之！

本书之得以刊行，为全体努力之结果，绝非个人之所敢掠美。"显誉成于僚友"，古人已先我言之矣。

目录

九：音 jiǔ，是数名，可比喻极多及高远。又音 jiū，与"鸠""纠"两字通用，是聚或合的意思，故"九合"就是"纠合"。

字义源流

"九"，音 jiǔ，是数名，在"八"的后面、"十"的前面，个位数中的第九位，大写作"玖"。

"九"是个指事字，金文和小篆的字形分别是"ㄟ""ㄞ"，都是屈曲难伸的形状，本义作"数之究也"，"究"有到底之意。因为"九"是单数中之最多者，至"十"则复进为一。原来古代的人最初是以手指、脚趾来计数的，数至十以后即感不便，所以每至"九"即表示困难将至，因此用"ㄟ""ㄞ"这种屈曲难伸之形，以指数将究尽而变之事，如《黄帝内经·素问》中就说："天地之数，始于一终于九焉。"

根据以上的说明，所以古人多以"九"字比喻很多、极多的意思，如唐代诗人刘禹锡诗："九曲黄河万里沙。""九曲"不一定真的是九道弯，而是形容弯弯曲曲的地方很多。"九牛一毛"便是指极多数中的一小部分。

"九天"是古代传说天有九重，比喻高远的意思；"九霄"则是指天空极高处。

"九如"是句祝颂的话，是从《诗经·小雅·天保》里九个"如"字句而来，原句是："如山如阜，如冈如陵，如川之方至，以莫不增……如月之恒，如日之升，如南山之寿，不骞不崩；如松柏之茂，无不尔或承。"

古代分中国为"九州"，但历代划分不一，专用于指中国的整个国土。

《香山九老图》 【明】周臣

"九"又音 jiū，与"鸠""纠"字通用，是聚或合的意思。《论语·宪问》："桓公九合诸侯，不以兵车，管仲之力也。""九合"就是"纠合"，念时应注意。

| 说文解字 | 九，阳之变也。象其屈曲究尽之形。凡九之属皆从九。字在"乙"部。 |

了：音 liǎo，是明白、完毕、处理、异乎寻常等意思。又音 le，表示说话口气之词。心中了然有所悟解叫"了解"，不作"瞭解"。

字义源流

"了"，音 liǎo，是明白、懂得的意思，如"了解""一目了然"。又是结束、完毕的意思，如"了事""没完没了"，南唐后主李煜《虞美人》词："春花秋月何时了，往事知多少？"

"了"也指处理、调解，如："这一场纠纷怎么了呢？"又表示可能，如"办得了""来不了"。更作完全讲，如"了无倦容"；"了不长进"是说一点都不上进；"了无佳趣"是说全无兴趣。

"了"又是表示异乎寻常，如"了不起"或"了不得"；但也作"不得了"讲，表示很严重、很厉害的意思，如："不得了啦，着火了！"

"了了"就是聪明，如《世说新语·言语》："小时了了，大未必佳。"

"了当"是明白、爽快，如"直截了当"就是处理得很爽快。

"了得"，俗称人技艺高强之意，又可作了结、了却及做完讲，宋代女词人李清照《声声慢》："到黄昏点点滴滴。这次第，怎一个愁字了得？"

"了"又音 lē，是表示说话口气之词，也可写成"嘞"。有多种解释：一是表示已经的意思，如"他们走了"；二是表示实行、实现的意思，如"等一会儿他就出来了"；三是表示完结的意思，如"吃了饭就走"；四是表示肯定，如"这就难怪了"。

"了"的异体字为"瞭（liǎo）"，详见瞭字解说。

说文解字 | 了，尦也。从子无臂。象形。凡了之属皆从了。字在"亅"部。

《红叶题诗仕女图》 【明】唐寅

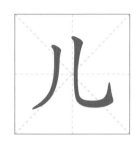

儿：音ér，是男女孩的通称；还指时间、地点，如"明儿""那儿"。

字义源流

"儿"，音ér，是个象形字，小篆字"儿"上面像婴儿脑盖尚未长好的形状，下面则是"人"字，以此作小孩的形状；古代称男孩叫"儿"，女孩叫"婴"。"儿"也是十二岁以下男孩女孩的通称。

"儿戏"是小孩子玩的游戏，也比喻为不慎重，如"婚姻大事，不可儿戏"。"儿童文学"是以儿童为对象写作的文学，以使儿童引发阅读兴趣，包括有儿歌、寓言、神话、民谣、谜语、动植物故事等形式。

"儿孙"泛指后代，就是一般所说的子孙。

"儿"还可指地方或时间，如"这儿""那儿""今儿""明儿"。

"儿化"是语词后面附有"儿"的词尾，是北方部分汉语方言的一种构词方式。在词根（一般为名词）后面加上"儿"尾以构成一个新的名词，新名词的含义是对词根名词含义的拓展或者特定化。北京话以多儿化而闻名。儿化了的韵母就叫"儿化韵"，其标志是在韵母后面加上r。儿化后的字音仍

《百子图》 【清】冷枚

是一个音节，但带儿化韵的儿一般由两个汉字来书写，如芋儿（yùr）、老头儿（lǎo tóur）等。如"圈儿"读作"quānr"，"牌儿"读作"páir"。

"兒"作姓氏时，不能简化为"儿"，此时音 ní。战国时代有"兒良"其人，著有《兒良》一篇。汉武帝时有御史大夫"兒宽"。不过，"兒"姓现在都写成"倪"字了。

要注意区别的是，"貌"字的古字"兒"和"兒"很像，要区别开来。

说文
解字 | 儿，仁人也。古文奇字人也。象形。孔子曰："在人下，故诘屈。"凡儿之属皆从儿。字在 "儿"部。

儿（兒），孺子也。从儿，象小儿头囟未合。

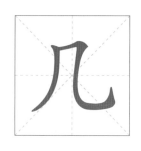

几：音 jī，是幽危、危殆，又是细微、预兆、将近，也就是相差不远的意思。又音 jǐ，是问数目多少的形容词，也是不定数的词。

字义源流

甲骨

篆

隶

"几"的来源有两个，其一，音 jī，象形字是一个矮小的几案形，本义是凭几，古人席地而坐时供坐者依凭。其二，"幾"的简化字。幾，在篆文中属"幺"部，是个会意字，由两个"幺"并排和"戍"字组合而成。两个"幺"合成的字读 yōu，和幽暗的"幽"意义相近。"戍"字是从"人"持"戈"，作守备的意思，所以"几"字的组合会意是"幽微之处，危险丛生，必须派人戍守"。某地须派人戍守，危殆可知，所以"几"的本义是幽危、危殆。以此引申，从"木"则为捕兽的"机"，如"机阱""机关"；从"石"则为露石岩壁的"矶"，如"采石矶""燕子矶"，都有危殆的含义。

"几"指细微，如"几微"；又指事情的预兆，如"几兆""见几"；又作相差不远讲，如"庶几""几希"，《孟子·离娄》："人之异于禽兽者几希。"就是说相差不多；"几谏"是说事奉父母，万一他们有过错，应婉言劝说；"几乎"是说差一点儿或将近之意。

"几"又是小桌子，如"茶几""窗明几净。"又作姓氏。这两种用法，"几"字无繁体字。

"几"又音jǐ，繁体字为"幾"，是问数目多少的形容词，如："来了几位客人？""现在几点钟？"也是不定数的词，意思是"不多""多少"，但不是问话，如"相差无几""这几本书送给你""几多""几许"。

"几度"就是几回，如"青山依旧在，几度夕阳红"；"几时"是什么时候，如李白诗："青天有月来几时？我今停杯一问之。"

《十八学士图之二（局部）》 【明】杜堇

说文
解字

几，踞几也。象形。字在"几"部。

几（幾），微也。殆也。从丝（yōu），从戍。戍，兵守也。丝而兵守者，危也。

三：音 sān，是数目名，一加二就是三。又是好几次，如"三思而行"。还可念 sēn，《诗经·召南》："摽有梅，其实三兮。"

字义源流

"三"，音 sān，是一个数目字，是十个基本数字中的第三个，所以也作第三位讲，如"下午三时""考第三名"。大写则作"叁"或"参"，古写作"弎"。

"三"是个指事字，本义作"天地人之道"解，是指天、地、人为世间之最大者而言，所以从三个"一"以指其事。

"三"又是多数、屡次之称。《易经·说卦传》："为近利市三倍。"《左传·定公十三年》："三折肱知为良医。"都是不限于三，所以凡多数，非二一所能尽者，便约之以三。

"三"的成语很多，如"三省吾身""三缄其口""三足鼎立""三户亡秦"等，大多与"三"的数字有关。

"三"又是好几次、再三的意思，《论语·公冶长》："季文子三思而后行。"是说季文子凡事思考好几次再行动。

"三"还可念 sēn，如《诗经·召南·摽有梅》：

"摽有梅，其实七兮。求我庶士，迨其吉兮。摽有梅，其实三兮。求我庶士，迨其今兮。"意思是：梅子落地纷纷，树上还剩七成。想要求娶我的好男儿，请不要耽误良辰。梅子落地纷纷，枝头只剩下三成了。想要求娶我的好男儿，到今儿不要再等了。这里的"三"是指十之有三，三成。

说文
解字 | 三，天地人之道也。从三数。凡三之属皆从三。字在"一"部。

大：读音多，解释更多，无法一一列举。大凡指小的反面、敬辞及一般场合都念大（dà）。在戏曲中的"大王"和医生的"大夫"念dài；指古时官名的"大夫"时念dà；与"太"字通用时就要念tài了。

字义源流

甲骨

篆

隶

　　"大"，音dà，凡是面积宽广、体积高厚、事情重要、年岁居长的都叫"大"，如"大海""大地""大事""大哥"等。

　　尊称伟大的人物，如"大舜""大禹""大哉孔子"。

　　对他人的敬称，如"大名""大作"。

　　表示夸张，如《礼记》："不自大其事。"《汉书·西南夷传》："夜郎自大。"

　　表示胜过，如《战国策·秦策》："无大大（dà）王。"

　　表示颜色深的，如"大红""大紫"。

　　表示猛烈的，如汉高祖《大风歌》："大风起兮云飞扬。"

　　表示概括性的言辞，如"大凡""大抵"。

　　表示长成或成长，如"孩子大了"。

　　表示再的意思，如"大前天""大后天"。

　　表示彻底的意思，如"车子要大修了"。

　　表示很、甚的意思，如"大热天""大远的路"。

　　"大"也是姓氏，是"大庭氏"之后，如唐朝有位名医叫作"大明"，金代有位画家叫作"大简之"，都是"大"姓中有名的人物。

"大夫"是古时的官名，位在卿之下、士之上。秦、汉以来，有"御史大夫""光禄大夫"等，名称很多。古代太医院院长位列五品，阶为"大夫"，所以很多地方称医生为"大夫"，此时"大"念 dài。

"大"又念 tài，与"太""泰"字通用。如《易经》的"大极""大和"，《尚书》的"大师""大王"，《礼记》的"大牢"，以及皇帝的祖庙称"大庙"。

指小的反面、敬辞及一般场合都念 dà。在戏曲中的"大（dài）王"不可念成"大（dà）王"；在指古时官名时念 dà，指医生时才念 dài；与"太"字通用时就要念 tài 了。

说文
解字 | 大，天大，地大，人亦大。故大象人形。古文太（他达切）也。凡大之属皆从大。字在"大"部。

中條山色鬱嵯峨

善中有幽人道

衒奇来許世間

知里条匆浸朝

宁调威儀坐如

鶴疲神怪逸枝

出驢馳言不露

可惜雖草仙葉

近霓裳鸞破那

能醫

甲申夏六月上

浣沚题

《张果见明皇图卷（局部）》 【元】 任仁发

女：音 nǚ，是男子的对称，广泛地说就是女性；又指把女儿许配给人。又音 rǔ，与"汝"同，就是你。

字义源流

"女"，音 nǚ，是个象形字，甲骨文的字形是"𤔲"，像女性屈膝静坐，两手相掩的形状。饶炯《说文部首订》注释："女贵贞节，常两手相掩敛膝静坐。"所以"女"的本义就是指妇女，广泛地说就是女性。

"女士"是对女子的尊称，或受过教育的女子；"女史"是古代女官名，后来借称为有学识的妇女；"女公子"是对别人女儿的尊称。

以往称女子的工作为"女红（gōng）"，如刺绣、缝纫等。

往日"女兄"是指姐姐，"女弟"则指妹妹；已嫁的称"妇"，未嫁的称"女"。

现在"女"字泛称妇女。

"女宿"是星宿名，二十八宿之一。

"女真"是民族名，住在东北松花江一带，宋朝时建立"金国"，为元所灭。明末建立清朝的满洲人就是"女真"的另一部族。

"女萝"是地衣类隐花植物，又名"松萝"。

《簪花仕女图》 【唐】周昉

　　"女娲（wā）氏"是古代神话里的女皇，是伏羲氏的同胞妹妹，曾炼五色石补天。

　　"女"又指把女儿许配给人，古文中常有这种用法，《尚书·尧典》："女于时。"

　　"女"又音rǔ，和"汝（rǔ）"字同，就是"你"。古文中用得最多，《论语》："子曰：'由，诲女知之乎？'"

说文
解字　　女，妇人也。象形。王育说，凡女之属皆从女。字在"女"部。

万：音 wàn，指虫名、众多、久远，也是姓氏。音 mò，"万俟（qí）"是复姓。

虿：音 chài，指毒虫名。

䓣：音 dǔn，指成批的大量货物。

字义源流

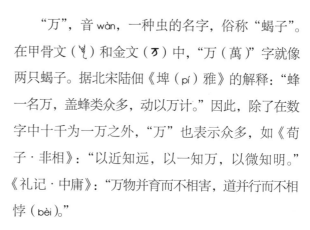

"万"，音 wàn，一种虫的名字，俗称"蝎子"。在甲骨文（）和金文（）中，"万（萬）"字就像两只蝎子。据北宋陆佃《埤（pí）雅》的解释："蜂一名万，盖蜂类众多，动以万计。"因此，除了在数字中十千为一万之外，"万"也表示众多，如《荀子·非相》："以近知远，以一知万，以微知明。"《礼记·中庸》："万物并育而不相害，道并行而不相悖（bèi）。"

"万"，也是久远的意思，如《诗经·小雅·南山》："乐（lè）只君子，万寿无疆。"李白《寄远》诗："千里若在眼，万里若在心。"

"万"，也是姓氏，是春秋时代晋国大夫毕万之后，也有说是芮伯万之后；战国时代齐人万章是孟子的弟子，《万章》也是《孟子》书中的一篇。

"万"作复姓时要念"万（mò）俟（qí）"，如"万俟卨（xiè）"，是宋朝陷害岳飞父子的奸臣之一。直到如今秦桧（huì）、王氏、万俟卨、张俊四人的像仍跪在西湖岳王坟前，受人唾骂。如把"万俟卨"

蛋 𧈧 趸 趸

念成"wàn 似窝"，那就骂错人了。

汉字连连看

"万"字的用法还有很多，就不多加介绍了。下面谈谈几个跟"万"有关的字。

"蛋"音 chài，毒虫，据《通俗文》的记载："长尾为蛋，短尾为蝎。"故"蛋"是蝎子的同类，因此有人认为"万""蛋"本是一个字，后来才分为两个字。

"趸"音 dǔn，成批的大量货物，故"趸卖"与"零售"是相对的名称。"趸船"是泊在岸边作为其他船只来往、旅客上下及囤积货物的大船。

说文 │ 万（萬），虫也。从厹，象形。
解字 │ 蛋，毒虫也。象形。字在"虫"部。

《溪山秋色图卷》 【元】王蒙（传）

己：音 jǐ，是对人的自称，第一人称代词，指自己、己身。

己、已、巳：分别音 jǐ、yǐ、sì，是"自己""已经""巳时"等义。字形酷似，不易辨认。字的左上方：一是开口，一是半开，一是闭口。

字义源流

"己"，音 jǐ，是对人称自身，如"自己""己身"及"反求诸己"，《礼记·坊记》："君子贵人而贱己，先人而后己。"又"己欲达而达人"（《论语·雍也》），是自己通达时，也让别人通达。"己饥己溺"则是以天下之饥溺为己责，语出《孟子·离娄下》。

"己"又是天干名，位列第六，有时拿它来标明等第。"己"还指私欲，《论语·颜渊》："克己复礼为仁。""己"又是纪或理之意，《诗经·小雅·节南山》："式夷式己。"意思是说：为政当用平正之人，用能纪理其事者。

"己"又音 qǐ。《诗经·商颂·长发》："韦顾既伐，昆吾夏桀。"（商要想一统天下，就要先去讨伐韦国和顾国，再去讨伐昆吾国和夏桀！）郑玄笺："顾、昆吾皆己姓也。"郑玄注释说：顾、昆（是夏的方国）都姓己。

汉字连连看

和"己"字十分相似的有"已"和"巳",运用时稍不慎便会混淆。它们貌虽似,而实不同,不可不辨别清楚。

"已",音 yǐ,字在"己"部。

"已"指过去,如"已经""已往";又指停止,如"大笑不已""风雨如晦,鸡鸣不已";又是甚、过分,如"不为已甚";又是后来、没多久,如"已而";还指离去、退,如"三已之"。

"已"又是语助词,用法同"矣",表示语气完毕,如"往事不可记已""是可哀已"。

"巳",音 sì,是地支名,位列第六;方位中的东南方,四时中的四月;又是时辰名,是上午九时至十一时;十二生肖中的蛇为"巳";五行中以"巳"配火。

"巳"也是姓氏之一。

这三个字的外形非常酷似,分别在左上方:"己"字完全开口,"已"字是半开口,"巳"字则是闭口。用时请注意分别。

说文
解字

己,中宫也。象万物辟藏诎形也。己承戊,象人腹。凡己之属皆从己。字在"己"部。
巳,巳也。四月,阳气巳出,阴气巳藏,万物见,成文章,故巳为蛇,象形。凡巳之属皆从巳。字在"己"部。

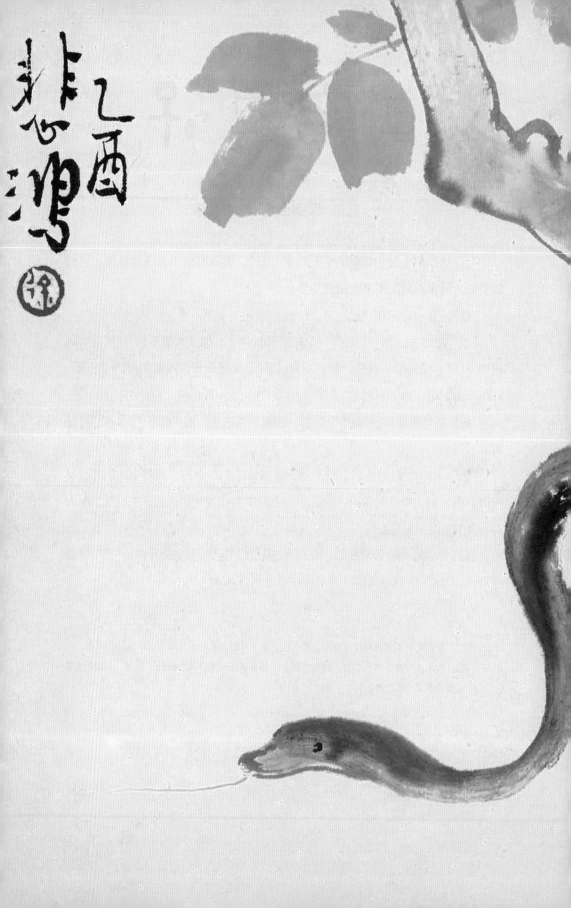

《蛇》 【现代】徐悲鸿

么：音 me，作后缀词，异体字为"麽"。音 ma，是疑问或反诘的语气助词，与"吗"字同，异体字为"麽"。又音 yāo，同"幺"。

麽：音 mó，细微之意，不是"么"的异体字。

字义源流

甲骨

篆

隶

"麽（或'麼'）"为"么"的异体字。但是"麽"读 mó 时，非异体字，不简化为"么"字。么，在甲骨文和金文中作"δ"形，意思是细小的丝；篆文加麻字作声符，隶变后楷书写作：麽，表示细小之义。现在多用作词缀和语气词 。

"麽"作细小、微小讲，如"幺麽小丑"。《列子·汤问》："江浦之间生麽虫。"

"麽哥"是语助词，常见于元曲中，多用于"也"字之后，以补助语气的不足，如元曲《梧桐雨》："兀（wù）的不恼人也麽哥。"也作姓氏。

"么"又音 ma，与"吗"字相同，是表示疑问或反诘的助词，如："你要这么干么（吗）？""这不就成了么（吗）？"不过，现代汉语多用"吗"字。

"么"又音 me，表示疑问的意思，或作后缀词，如"怎么""为什么""多么""那么"。"干什么"是做什么、为什么的意思，如："你要这个干什么？"

《万树园赐宴图（局部）》　【清】杜堇

"么"又音 yāo，同"幺"，排行最小的意思。

说文
解字 | 麼，细也。从幺，麻声。字在"麻"部。

个（箇、個）：音 gè，"個""箇"分别为"个"的繁体字、异体字，旧时可通用，但仍有区别，如"箇旧"不可写成"個旧"，"個性""個人所得"之"個"也不作"箇"。不过，汉字简化以来，均写成"个"，没有这些区别。崮：音 gù，指四周陡峭而上面平坦的山，如山东省的"孟良崮"。

字义源流

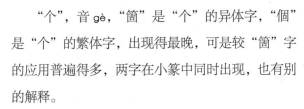

"个"，音 gè，"箇"是"个"的异体字，"個"是"个"的繁体字，出现得最晚，可是较"箇"字的应用普遍得多，两字在小篆中同时出现，也有别的解释。

"个"字的用法很多，主要作量词用，指称人或物都可用，如杜甫《绝句》诗："两个黄鹂鸣翠柳，一行白鹭上青天。"

"个"也可以作这、那讲，如"个里""个样"，王维诗："香车（jū）宝马共喧阗（tián），个里多情侠少年。"南宋诗人刘克庄诗："海神亦叹公清德，少见孤舟个样轻。"凡意有所指又不欲明言的时候，都可用"个里""个样""个般""个中"这一类词句代表；为强调语气，也可用"个"字作某种光景的语助词，如韩愈《盆池五首》诗："老翁真个似儿童，汲水埋盆作小池。"南唐后主李煜词《一斛珠》："晓妆初过，沉檀轻注些儿个。"

"个侬"就是这个人，"个中人"指深悟道理，或身历其境的人，如苏轼诗："平生自是个中人。"

"个旧市"在云南省，以产锡闻名于世，附近有"个碧石铁路"（个旧碧色寨至石屏的铁路，中国第一条商办铁路，1909 年建造，1936 年全线通车）与滇越铁路（中国西南第一条铁路，1910 年全线通车）接轨。

汉字连连看

与"箇"字相似的"崮"字，音 gù，指四周陡峭而上面平坦的山，如山东省的"孟良崮"，在山东沂蒙山区，属于临沂市蒙阴县。

说文 解字	个（箇），竹枚也。从竹，固声。

《寒江独钓图》 【南宋】 马远（传）

不：音 bù，是否定、未定、疑问、没有之意；又音 fǒu，与"否"字相通，表疑问；又音 pī，与"丕"字通，是大的意思；又音 biāo，是姓氏之一。

不：音 niè，是仅剩根株之木；又音 dǔn，是坐具之一。

字义源流

"不"，音 bù，是表示否定、未定、疑问、没有之意。由于大家都很熟悉，而且限于篇幅，就不一一举例介绍了。

"不"又念 fǒu，与"否"字相通，表示疑问之意，如《汉书·于定国传》："公卿有可以防其未然，救其已然者不？"陶潜《游斜川》诗："未知从今去，当后如此不？"句中的"不"字，都是当否字用的。

"不"又念 pī。古时金文中多以"不"代"丕"，是大的意思，如《诗经·周颂·清庙》："不显不承。"也就是《尚书》中的"丕显、丕承"。

"不"又念 biāo，是古时的姓氏，如晋朝汲（jí）郡人"不准"。他曾在魏襄王家中得竹简《古本竹书纪年》而名噪一时。

"不"字还有三个读音，因很少应用，就不加介绍了。

《清明上河图（局部）》 【北宋】张择端

汉字连连看

与"不"难以分辨的是这个现代已很少用的"丕"字，音 niè，依《说文段注》是仅剩根株之木。

又音 dǔn，是广东人截木而坐的坐具之一。

"不"是一横，一撇，一竖，右下方是一点。如果右下方写成一捺，就变成"丕（niè）"字了。如果一竖带钩，就成了错字。有一位同学来信，说他的语文老师把他作文里的"不"字，有的扣分，有的不扣分，问是什么原因。问题可能就发生在这一钩和一捺上。

说文
解字 ｜ 不，鸟飞上翔不下来也。从一，一犹天也。象形。凡不之属皆从不。字在"一"部。

中：音 zhōng，是上下四方、大小高低及前后左右之间，又当里面、正讲。又音 zhòng，是合和射箭而矢志之意。

《庐山瀑布图轴》 【清】高其佩

字义源流

"中"，音 zhōng，是上下、四方之间，如"中央""中原"。

"中"也当里面讲，如"山中""水中"，苏轼诗："不识庐山真面目，只缘身在此山中。"

"中"是在大小、高低之间，如"中学""中型"。

"中"也是指前后、左右之间，如"中午""中指"。

"中"还当正好、不太过也不欠缺的意思，如"适中"；也指正道，《尚书·大禹谟》："允执厥中。"

"中流砥柱"是指"砥柱山"，屹立于山西省平陆县东南与河南省交界的黄河中央，因此世人比喻屹立不倒、力抗潮流的人为"中流砥柱"。

"中"也通"忠"，古本《孝经·圣治》："难进而尽中。"

"中"又音 zhòng，是射箭而命中目标，如"百发百中"。

"中"也有合的意思，如"中意""中用""中选"。

"中"字有两种读音：念 zhōng 时多作名词或形容词用，如"中学""适中"；念 zhòng 时则多作动词用，如"中用""中选"。运用时应予以注意。

| 说文解字 | 中，内也。从口。丨，上下通。字在"丨"部。 |

切：音 qiē，是用刀割断；例如急迫、贴近、统括等义。

"切"字左边是"七"字，不是"土"字。

砌：音 qì，是台阶，也指用砖石堆叠。

沏：音 qī，水流急泻而下，也指以水注入。

字义源流

金文

篆

隶

"切"，音 qiē，是用刀割断，如"切开""切断"，《诗经·卫风·淇奥》就有"如切如磋，如琢如磨"的句子，意思是说：譬如整治象牙牛角，切开了，还要磋磨得光滑好看；又如整治美玉宝石，雕琢好了，还要磨得细致美观。是借精益求精的道理来比喻君子的德行风范，以及研究学问的精神。

"切"也是数学上的名词，凡直线与圆周或圆周与圆周、平面与球面在一点上相遇，均叫作"切"。

"切"又音 qiè，是急迫的意思，如"迫切需要"；又是贴近的意思，如"关系密切"；表示统括之意叫作"一切"；表示适当之意叫"确切"。中医看病人的脉象叫"切脉"。古时以两个字拼成一个音的注音方法叫"切音"。

"切切"则表示情意诚挚、再三告诫、思念怀恋、声音细长等多种含义。"切"字左边是"七"字，不是"土"字。

砌 砌(金文) 砌(篆) 砌(隶)

沏 沏(金文) 沏(篆) 沏(隶)

汉字连连看

"砌"，音 qì。

"砌"与"切"字古时相通，就是台阶，也指用砖石堆叠，如"雕栏玉砌应犹在，只是朱颜改"。

"沏"，音 qī，字在"氵"部。

"沏"本指水流急泻而下，但也指以水注入，故泡茶又叫作"沏茶"。

"砌""沏"的旁边都是"切"字，写的时候要注意。

说文 解字	切，刌也。从刀，七声。字在"刀"部。 砌，阶甃也。从石，切声。字在"石"部。

《汉宫春晓图（局部）》　【明】仇英

内：音 nèi，是入、里面、妻室及亲近之意。

全：音 quán，是一元美、完整的意思。

两：音 liǎng，就是平分。

陕：音 shǎn，是地名。

字义源流

甲骨

篆

隶

"内"，音 nèi，就是里面，如《孟子·告子下》："有诸内，必形诸外。"是说一个人的内在有些什么，必然会从外在的言行中流露出来。由此一意义引申，凡是里面的都可叫"内"，如寝室就叫作"内"，《汉书·晁错传》："筑家室，有一堂一内。""一堂一内"就是今日所谓的一厅一房。

妻妾妇女也叫作"内"，如《周礼·天官》："辨外内而时禁。""外"指男子，故妻称夫为"外子"；"内"指妇女，故夫称妻为"内子""内人"；妻之姻党亦因之称为"内亲"。

"内"又有亲近之意，如《易经·否卦》："内君子而外小人。"就是亲君子而远小人。

"内"是一个非常普通而应用又极为广泛的字，只是很多人都把它写错了，在"冂（jiōng）"字里面的是"人"字。

汉字连连看

与"内"字同样常被人写错的，还有以下几个字。

"全"，音 quán，本是完美、完整的意思，引申有具备、统括、平安等意思。"全"也是姓氏，如清代学者"全祖望"。要注意的是，"全"字上面也是从"人"。

"两"，音 liǎng，本义是平分，引申而有二数相对、并比之意；也是重量和车子的单位。要注意的是，"两"字里面是两个"人"字。

"陕"，音 shǎn，是古地名，有"陕县（今河南省三门峡市陕州区）"及"陕西省"。

"纳""俞"等字也都是从"人"的，望能加以注意。

说文
解字

内，入也。从口，自外而入也。字在"人"部。

全，完也。从入从工。字在"人"部。

两，二十四铢为一两。从一；两，平分，亦声。

陕，弘农陕也。古虢国，王季之子所封也。字在"阝"部。

《陆羽烹茶图》 【元】赵原

见：音 jiàn，是看到、拜会、访问、遇到；又指意识或看法。又音 xiàn，同"现"，有发现、现在、介绍及显露的意思。

字义源流

"见"，音 jiàn，就是看到，如"眼见""看见""见怪不怪"；又指意识或看法，如"意见""浅见""成见"。

"见"又当拜会、访问讲，例如"谒见""拜见"。

"见"字用在动词前面，是表示尊敬对方，或是言词上的礼貌，如"让您见笑""请别见怪"。

"见"还可作遇到讲，如"见猎心喜"是说遇到了某种事物，激起了往日的爱好，不由心中大喜。这句成语的典故源自宋朝的大学者程颢，他年轻时喜欢打猎，后来年纪大了，看见别人打猎，就觉得很高兴。

"见仁见智"是说各人见地不同。

"见"又音 xiàn，是"现"的本字，含有发现的意思，所以"发见"也可写成"发现"。

"见"又是指"现在"，如"见在"就是"现在"。

"见"也有显露的意思，如"情见（xiàn）乎词"，《论语·泰伯》："天下有道则见（xiàn）。"

"见"又作介绍、推荐讲，《左传·昭公二十年》：

"齐豹见宗鲁于公孟,为骖乘焉。"意思是:齐豹把宗鲁推荐给公孟絷,做了骖乘。

"见"有 jiàn、xiàn 二种读音,《汉书·王莽传》中的"仓无见(xiàn)谷"不可念作"仓无 jiàn 谷";"情见(xiàn)乎词"也不可念成"情 jiàn 乎词"。

说文
解字 | 见,视也。从儿从目。凡见之属皆从见。字在"见"部。

比：音bǐ，指两样事物互相较量。又音bì，并列的意思。《吕氏春秋·观世》："千里而有一士，比肩也。"

字义源流

甲骨

篆

隶

"比"，音bǐ，如"比比皆是""比邻而居""朋比为奸"等。又当作每每、常常讲，如"比比皆是"；也当作最近、近来讲，如"比来""比年"；又当作替代讲，如《孟子·梁惠王上》："愿比死者一洒（xǐ）之。"

"比"是指两样事物互相较量，如"比较"；比较优劣便是"比赛"；比较对照便叫作"比照"。

摹拟、譬喻也叫作"比"，如"比喻""打个比方""比拟"，就是以这个来比那个的意思，如《三国志·蜀志·诸葛亮传》："每自比于管仲、乐毅。"

"比例"是数学名词，指前两数相除等于后两数相除；"比重"是物理学名词，指一物质之重量与其体积的比值，即为此一物质之"比重"。

还有"比热""比高""比值"等，在现代应用科学中，"比"字的应用甚为普遍。在动物中有"比目鱼"；传说中有"比翼鸟"；近代翻译名词有"比萨斜塔""比利时""比基尼"，以及巴西球王"比利"等。

"比"也是诗的体裁之一，即风、雅、颂、赋、比、兴（xīng），又称为诗的六义。

"比"也是姓氏，是商代贤臣"比干"之后裔。

"比"又念bì，是靠近、连接之意，如王勃《送杜少府之任蜀州》诗："海内存知己，天涯若比（旧读bì）邻。"亦是结党营私之意，如《论语·为政》："君子周而不比，小人比而不周。"bì这个音的应用是非常多的。

"比"又念pí。"皋比"就是虎皮，指将帅座帐或教师讲席，应用较少。

比字有三个读音，一般容易念错的是"bì"这个音，希望能加以注意。

《蹴鞠图》 【南宋】 马远（传）

说文解字 | 比，密也。二人为从，反从为比。凡比之属皆从比。字在"比"部。

片：音 piàn。把一块木头从中间劈开，右边半块是片，左边半块是爿（pán）。片、爿两字均是四笔，很多人都把"片"写成五笔，这是不对的。

字义源流

"片"，音 piàn。把整块木头劈开，右边的半块叫"片"，后来指称薄而平的块状物叫"片"，如"肉片""卡片""明信片"。清末文学家刘鹗《老残游记》："家人端上山鸡片……烫着吃，味更香美。"

"片"也作量词用，指范围、面积或平面的东西，如"眼前一片青草地""天上有几片浮云"。韩愈《感春》诗："蜂喧鸟咽留不得，红萼万片从风吹。"

"片"也指小的、薄的、少的、扁的，"如片纸只字""落花片片""片甲不留""片言折狱"等。

"片"又用于专有名词，如"片岩"是地质学名词，指一种片状的结晶岩；"片马"是地名，在云南省泸水市的西北方，为一国防要地；"片假名"是日文中采取汉字偏旁，并假借其读音而成的楷体字母。

汉字连连看

　　与"片"字字形相反的是"爿"字，音 pán 或 qiáng。把整块木头劈开，左边的半块叫"爿"，一般只用作字的部首或偏旁，如繁体字"牀""壯""戕""牆"等。宋代郑樵《六书略》："爿，爻也。亦判木也。音墙。隶作爿。"这里音 qiáng。

　　"爿"又念 pán。本指从中间劈开供燃烧用的短竹片、木片。多作量词用，如"半爿瓦""一爿米店"等。

　　这两个字的构造很有意思，一块木头从中间劈开，右边是一片，左边是一爿；写的时候都是四笔，但是"片"字很多人都写成五笔，这是不对的。

　　"爿"字作量词用时应该念 pán，如"一爿米店"，很多人念不出它正确的读音来。

　　以上两字都是部首。

说文
解字 ｜ 片，判木也。从半木。凡片之属皆从片。字在"片"部。

《疏树归禽图》 【清】华嵒

月：音 yuè，一名"月球"，是地球的卫星，俗称"月亮"；又是历法名，指的就是"岁月"。

字义源流

甲骨

篆

隶

"月"一名"月球"，是地球的卫星，表面凹凸明暗不同，受地心引力而绕地球转，并随地球绕太阳，当半面受日光，与地球成正方向时，见满月，称为"望"；斜向地球则见半月，称为"上下弦"；相背，则月光不见，称为"晦""朔"。月球本身不发光，受太阳光的照射而反射出来，我们才能看到，人们便叫它"月亮"。

"月"又是历法的名称，指的就是"岁月"。月球绕地球一周约为地球自转二十九次半，所以太阴历（农历）的计算单位，便以月球绕地球一周为一个月，并规定大月三十天，小月二十九天。

有关"月"的词语很多，如"月牙儿"是指新月；"月貌"则形容美色；"月亮门"是房屋院墙上做成圆月形的洞门，用以通行。

"月"字的成语也很多："月下老人"指的是媒人；"月圆花好"指月正圆满，花正盛开，常用作祝贺新婚的赞美词；"月满而亏"则比喻凡事盛极而衰。

相逢幸遇佳時節
月下花前且把盃

《梅下赏月图》 【清】余集

　　"月"字中间两短横等长；"肉"部在作偏旁时写成"月"，其中是一点一挑；不过在简体字里，不再要求这样写，已和"月"字一样写法了。从"肉"的字很多，像"胖""胞""育"等字，写时要特别注意。

说文
解字 ｜ 月，阙也。大阴之精。象形。凡月之属皆从月。
字在"月"部。

从：音cóng，是依、听信、跟随、去做、自何处、自何时、采取措施、随即、向来；跟随的人，又是副的、附和的及堂兄弟。音zòng，南北叫"从"，与"纵"同。音cōng，是不慌不忙的样子，如从容。又音sǒng，"从容"同"怂恿"。

字义源流

甲骨

篆

隶

"从"，音cóng，"从"字含义很广，可当依顺讲，如"服从""顺从"；当听信讲，如"言听计从""从善如流"；当跟随讲，如"跟从"；当去做某事讲，如"从军""从政"；当由何处、自何时讲，如"从头到尾""从小到大""风从那里来"；当采取某种措施讲，如"从速解决""从严究办"；当随即讲，如"经此讨论，从而决定"；当向来、一向讲，如"从不酗酒"；当放任讲，如"七十而从心所欲，不逾矩"。

又指跟随的人，如"侍从""从者"，《诗经·齐风·敝笱》："齐子归止，其从如云。"当副的讲，如《文献通考》："后魏以九品分正、从，隋唐以来因之。"

当附和的讲，如"从犯"。

又用于有血统关系的人，如堂兄弟又称"从兄弟"。

"从"又音zòng，与"纵"字通用，如苏秦主张联合六国以抗秦，以"合从"游说诸侯的人史称"从（纵）横家"；在地理上，东西叫横，南北叫"从"（纵），所以南北直通就叫"从（纵）贯"。

"从"又音 cōng，"从容"即舒缓安闲、不慌不忙，还有举动、充分等意思。如《尚书·君陈》："从容以和。"

"从"古音 sǒng，"从容"即"怂恿"，鼓动的意思，如《史记·淮南衡山列传》："日夜从容王密谋反事。"

说文解字 | 从，相听也。从二人。凡从之属皆从从。字在"人"部。
從，随行也。从辵、从从，从亦声。

《踏歌行》 【宋】马远

什：音 shí，本义是以十人相连，彼此信赖依存；又是诗篇的别名、姓氏及指数量多、品目杂。又音 shén，如"什么"就是"甚么"。

甚：音 shèn，是过分、过度、极为、非常之意；但在表疑问或指示的意义上，既可念 shèn，也可念 shén。

字义源流

"什"，音 shí，本义是以十人相连，彼此信赖依存；后来用于军队的编制，"五人曰伍，二伍曰什"，《尉缭子·伍制令》："十人为什。"

古时地方的基层组织也叫"什"，如《管子·立政》："十家为什。"

"什"又是诗篇的别名，因为《诗经》中的《雅》《颂》大多以十篇为一卷，故称为"篇什"，如《小雅》有《鹿鸣之什》、《大雅》有《文王之什》、《颂》有《周颂·清庙之什》，后来也就把诗简称为"什"了。

"什"也是姓氏，出于十六国时期代国拓跋氏之"什翼犍"。

"什"除可以与"十"字通用之外，在数字上也应用得很多，如《孟子·滕文公上》："夏后氏五十而贡，殷人七十而助，周人百亩而彻；其实皆什一也。"是说"贡""助""彻"这三种税法其实都是用十分之一的税率。所以"什一"就是十分之一，"什二"就是十分之二，"什百"就是十倍、百倍。

"什"也指数量多、品目杂，"什锦"就是由各种物品配合而成的，如"什锦火锅""什锦水果"。

"什"虽有量多品杂之意，但并没有 zá 的音，有人写成"什"而念成"什（zá）货店"，这是不妥当的。

"什"又念 shén。"什么"就是"甚（shén）么"。

汉字连连看

"甚"念 shèn 的时候表示过分、过度、极为、非常之意；但在表示疑问或指示的意义上，则既可以念 shèn，也可以念 shén。所以写"甚么"时念"shèn 么"或"shén 么"都可以；如写"什么"时，就应念"shén 么"，不宜念成"shèn 么"。

说文解字	什，相什保也。从人、十。字在"亻"部。
	甚，尤安乐也。从甘，从匹。偶也。字在"甘"部。

《出警图（局部）》 【明】佚名

少：音shǎo，是不多、短暂、不足及稍的意思；又是两数相比的差，或禁制、警戒之词。又音shào，是指年轻及辅佐人物。

字义源流

甲骨

篆

隶

"少"，音shǎo，由"小"字加上一撇而成。其实在古本中没有"少"字。"小"和"少"本是一字的两形，甲骨文"ꏍ"字形很像小雨点或沙粒形状，而金文"ꏍ"、小篆"ꏍ"则有一撇，含有划分的意思。会意原本微小的东西，再加以划分当然就更少了。所以它的本义是作"不多"解释，如韩愈《送李愿归盘谷序》："居民鲜少。"

"少"是短暂，就是时间不久，如"少顷"。

"少"又是两数相比的差，如"我要三个，他给一个，少了两个"。

"少"又指不足，如："你数数看少不少？"又是禁止或警诫的语气，如"少废话"。

"少息"为军队基本教练的口令，是稍稍休息一下，又可写成"稍息"。

"少安勿躁"是劝人不要急躁的话，也可写作"稍安勿躁"。故"少""稍"两字有时可通。

"少"又音shào，是指年纪轻，如"少年""少女"等。

"少壮"是说年富力强的时候，如"少壮不努力，老大徒伤悲"；又是指年富力强，锐意求进的人，如"少壮派"。

"少"又是富贵人家的儿子，或仆人称主人的儿子，如"少爷"。

"少"在古代又指辅佐人物，如"少师""少傅""少保"就是太师、太傅、太保的辅佐。

"少"字的笔画是"小"字加撇。可是"小"字作上偏旁用时，则不必带钩，所以"少""尚""尖"等字的上偏旁，应不带钩。

《灌佛戏婴图轴》 【宋】苏汉臣

为：音 wéi，是建树、做、是、变成、当作等意思；又可当表示发问、反问的语助词，也是姓氏。又音 wèi，是给、替、被及因为等意思。

字义源流

甲骨

篆

求

"为"，音 wéi，是开展事业的能力，有建树进取的意义，如"有守有为""大有可为"；并引申为做的意思。凡与人有关的事都可以称作"为"，如"作为""行为""为人父为人子"；以及从政叫"为政"，做人叫"为人"，求学叫"为学"；还有"为非作歹""为山九仞，功亏一篑"等。

"为"也作当作、认为讲，如"四海为家""指鹿为马"。

"为"也可当治理讲，如治国叫"为国"，《论语·里仁》有："能以礼让为国乎？"

"为"又是"是"的意思，如"人为万物之灵"，《论语·微子》："子为谁？""天下为公"是说天下不是帝王所私有，政权是属于全体人民，这是我国最古老、最具体、最有系统的"大同"学说，《礼记·礼运》："大道之行也，天下为公。"

"为"又是成、变成的意思，如"化整为零""变腐朽为神奇"。也作使讲，《易经》："为我心恻。"

"为"也作表示发问、反问的语助词，多用在

《松荫雪虎图》 【明】佚名

语句的末了，如："匈奴未灭，何以家为！"

"为"也是姓氏，汉有南郡太守"为昆"。

"为"的另一读音是 wèi，是表示原因的词，如"为什么""为利亡身"；也是给和替的意思，如"为民服务""为国争光"；"为人作嫁"是徒为他人辛劳；"为民请命"是为人民请求事情；"为虎作伥"是比喻助坏人为恶。

说文解字 | 为（爲），母猴也。其为禽好爪。爪，母猴象也。下腹为母猴形。王育曰："爪，象形也。"

分：音 fēn，是数量名、节气名及过半、析开、离散等意思。又音 fèn，表示一定的界线、地位、成分等。份：音 fèn，是把整体分为若干个单位，其中的每一个单位叫作"一份"。

字义源流

甲骨

篆

分

隶

"分"，音 fēn，会意字，在甲骨文中是用刀把东西分开之形，本义就是分开、分割。

"分"是数量的名称。亩的十分之一、两的百分之一、时的六十分之一，都叫作"分"。

"分"也是节气的名称，是日光正射赤道，南北两半球昼夜均分的时候，有"春分"和"秋分"。

时间正好过了一半也叫"分"，如夜半也可叫作"夜分"。

"分"也是析开的意思，如"分裂""分割"；又是离散的意思，如"分手""分居""分道扬镳"；也是判别的意思，如"分辨""分析"。

"分"字的用法还有很多，不一一列举了。

"分"又念 fèn，表示一定的界线，如"各守其分"，引申而把与生俱来的禀赋叫"天分"；人生的际遇和因缘叫"缘分"；个人的职位或名义叫"名分"；以个体对整体而言叫"部分""成分"。

份 金文 彴 篆 彸 隶 份

汉字连连看

"份"，音 fèn，字在"亻"部。

"份"本是文质兼备的意思，亦即"彬"字的古写，如古本《论语》中的"文质份份"就是今本《论语》中所用的"文质彬彬"。只是"份"字的音义太古老了，后世所通行的意义，是把整体分为若干个单位，其中的每一个单位就叫作"一份（fèn）"。

"天分""名分""本分"等由于有界线的意义，不宜写成"份"字。

| 说文 解字 | 分，别也。从八，从刀，刀以分别物也。字在"刀"部。
份，文质备也。从人，分声。字在"亻"部。 |

《京江送别图》 【明】沈周

正：音 zhèng，是正常、不偏、恰巧的意思。又音 zhēng，就是一月，一般称"正月"；但箭靶的"正（zhēng）鹄（gǔ）"不可以念"zhèng 鹄"。

字义源流

"正"，音 zhèng，就是正常，指合乎事理，不合乎事理的就叫作异常或反常，如老子就曾说过："以正治国，以奇用兵。"可见"奇"只是在战场上用来对付敌人的，是权诈机变之术；"正常""正道""正理"才是治理国家的根本之途。《论语·颜渊》："政者，正也。子帅以正，孰敢不正？"是说政治的意义在以正道领导民众。《论语·子罕》："不能正其身，如正人何？"意即连自身都不能依正道而行，又如何要求别人呢？

"正"也是不偏，如朱熹《周易本义》："正者，其立不偏。"所以使偏回归正叫作"改正""修正"；不偏不倚叫作"端正""公正"。"正"也是主体，如生活上主要的起居之处叫"正厅"；历史上或学术上能够一系相承的叫"正统"；尊称别人的嫡妻叫"令正"。

"正"也是治罪，所以处决罪犯叫"正法"。

"正"又是恰巧的意思，如《论语·述而》中孔子自谦他只是"好学不厌，诲人不倦"而已，公西华就说："正唯弟子不能学也。"意即恰好这就是弟子学不到的啊！

"正"也是姓氏，是宋上卿"正考父"之后。

"正"又念 zhēng，是一年中的第一个月，所以一月又叫作"正月"。也是射箭的标的，称为"正鹄"。不过"正鹄"并不是一样东西，据古人的解释：画布的箭靶叫"正"，是宾射之礼所用；栖皮的箭靶叫"鹄"，是大射之礼所用。

《乾隆皇帝朝服像》 【清】郎世宁

| 说文解字 | 正，是也。从止，一以止。凡正之属皆从正。字在"止"部。 |

可：音 kě，表允许、合适、能够、大约、但是等。又音 kè，"可汗（hán）"是古代北方游牧民族国君之称，其中的"可"不可以念 kě。

字义源流

"可"，音 kě，是允许，如"可以""不可以""许可"；又是合适，如"可口"；能够，如"可大可小"及"你可做得来吗"；值得、宜于，如"可爱""可惜"；大约，如"年可十七八"；但，如"可是"；将就，如"可着这百块钱来过活"。

"可"同"却"，如："他给，我可不给。"

又同"岂"，如："这可不糟了吗？"

又可用来加强语气，如"你可回来了！"

又可表示疑问，如："你可知道？""你可好好地问过？"

"可人"是赞美行为可取的人，北宋陈师道诗："书当快意读易尽，客有可人期不来。"又指可爱的人。

"可可"是植物名，果实研末可充饮料。

"可堪"就是哪堪，五代诗人韦庄《长安清明》诗："可堪芳草更芊芊。"

"可怜虫"喻陷在困难境遇中的人。

"可读性"指文艺作品或新闻报道为使一般读

《高风可邑图》 【明】万寿祺

者易于了解，尽量用字浅显，文句简明易晓，刺激读者自动阅读，以达到传播的效果，这种能吸引读者的文字便称为"可读性高"。

至于成语，那可就多了，如"可博一粲"是说可令人发笑；"可为殷鉴"就是可以作为鉴戒；"可歌可泣"是事迹很动人，可以令人为它歌颂，也可为它流泪；"可望而不可即"是说只可远望，而不能接近；"可以意会，不可言传"是说只能心里领会，不能说出来。

"可"又音kè，指"可汗"，是古时北方游牧民族各国对君王的称呼。"可敦"是可汗之妻，也作"贺敦"或"可贺敦"。

"可"是个很简单的字，但"可汗"或《木兰诗》里的"可汗大点兵"等句中的"可"字，不要念成kě，要念成kè才好。

说文
解字

可，肯也。从口、丂，丂亦声。凡可之属皆从可。字在"口"部。

且：音 qiě，又音 jū，两者不能互换，如"姑且（qiě）"不念"姑 jū"；当然"狂且（jū）"也不能念"狂 qiě"。又音 cú，往的意思。

字义源流

甲骨

篆

隶

"且"，音 qiě，是文言文的发语词，用法同"夫（fú）"字。《荀子·性恶》："且顺情性，好利而欲得。"

又表示兼举，是说同时做两件事，如"且战且走""且言且笑"；又是暂时，如"且坐"；将要，如《战国策·秦策》："城且拔矣。"还作姑且讲，如"得过且过"。

"且"是表示转进一层的话，如"况且""既高且大"；作抑或讲，《战国策·齐策》："王以天下为尊秦乎？且尊齐乎？"作草率讲，如"苟且"；亦作还、还有，如"并且""而且"；又说数目差不多，如"来者且千人"。

"且说"是姑且先说，旧小说用作发端词，或篇段转折的承接语；"且慢"就是慢一点儿。

"且末"是汉西域国名，在今新疆，已沦为戈壁；又是复姓，西域人以国为姓；"且末县"位新疆塔里木盆地东南部，阿尔金山北麓，以农牧为主，并产狐狸及毛皮。

"且住为佳"则是劝人暂留下之语，《词苑丛谈》："天气殊未佳，汝定成行否？寒食近，且住为佳尔。"辛稼轩融化之而填《霜天晓角·旅兴》词："玉人留我醉。明日万花寒食，得且住，为佳尔。"意思是：幸好有高贵的朋友留醉。明天就是寒食节了，风吹雨打落花，暂且留下来小住几天，等天气好了再走。

　　"且"又音 jū，是语尾的余音，如"狂且"就是轻薄少年，《诗经·郑风·褰裳》："狂童之狂也且。"又《郑风·山有扶苏》："不见子都，但见狂且。"

　　"且月"是阴历六月的别名；"次且"同"趑趄"，是徘徊不进的样子。

　　"且"又音 cú，往的意思。《诗经·郑风·溱洧》："女曰观乎，士曰既往。"曹操《薤露》："号泣而且行。"

　　"且"字既音 qiě，又音 jū，又音 cú，不能互换，如"姑且（qiě）不能念"姑jū"；相反，"狂且（jū）"也不能念"狂 qiě"；因为"且"可以念 jū，故凡偏旁作"且"的，大多念 jū，如沮、狙、疽、苴、蛆、趄及雎等。

说文
解字　｜　且，荐也。从几，足有二横，一其下地也。凡且之属皆从且。字在"一"部。

电：音 diàn，是阴阳激耀之意；又可形容快速、明察，如"风驰电掣""电察"。"電"下方的"申"笔要上凸；旧字体直笔横折后也不带钩，新字体末笔带钩。

《风雨牧归图》 【宋】李迪

字义源流

金文

篆

电

隶

  "电（電）"字是由"雨"和"申"合成的会意字。"雨"指下雨；"申"原为"电"的初文，像闪电形状。本义是阴阳激耀，就是在打雷下雨时，空中带电的云放电时所发出的强光，称为"电"。

  《五经通义》："电，雷光也。"现代人则称"电"是物质固有的一种能，分正电和负电两种，正负电相触就会发生放电现象而爆发出光和热，在天空的即是"闪电"。通过物体循环流动的电叫"电流"或"动电"，可利用作为动力，或产生光和热。

  "电"在日常生活中的用途极为广泛，如"电扇""电锅""电灯""电视"等，多冠以"电"字。

  "电"是"电报""电信"的简称，如"急电""电码""电文"。

  "电"又可形容时间短促或行动快捷，如"电光石火""风驰电掣（chè）"。

  "电"还当明察讲，如"电察""敬请电察"。

  "电"字，是由"申"字变化而来，形容闪电由云层中伸出来的形状。

说文
解字 | 电（電），阴阳激耀也。从雨，从申。字在"雨"部。

叫：音 jiào，是大声呼唤的意思，也是鸟兽虫类的鸣声；还有被、受、使、让、命令的意思；称呼也称为"叫"。

叫

（金文）

叫

（篆）

叫

（隶）

《钟馗骑虎图》　【明】佚名

字义源流

"叫"是个形声字，由"口"和"丩（jiū）"合成。"叫"的本义是大声呼唤的意思，所以收录在"口"部；"丩"是"纠"的本字，是指绳索相互纠合不断，叫声悠长不绝，所以用"丩"作声符。

"叫聒"是声音嘈杂扰耳的意思，如李白《江上诗》："停棹依林峦，惊猿相叫聒。"

"叫阵"是挑战的意思，章回小说中双方交战时多有描述。

"叫板"为戏剧用语，京剧中说白讲完后，在未唱之前将说白的最后一字声音拉长，称为"叫板"，目的在使音乐部门预备奏乐合唱。

"叫"也是鸟兽虫类的鸣声，如"鸟叫声喧""学鸡叫"。

"叫"还有被、受的意思，如"叫人欺负得抬不起头来"。

"叫"又是使、让、命令的意思，如"叫他走吧""叫他好好用功"。

称呼也称为"叫"，如"名叫""叫作"等。

"叫座儿"则指名演员有号召力，能使顾客满座；也引申为受人喜爱欣赏之意。

有些人写"叫"字的繁体字时，常把右偏旁写成"斗"字，这是不正确的。

说文解字	叫，呼也。从口，丩声。字在"口"部。

以：音 yǐ，本义是用或为，又是缘故、理由、总之。"以"是抽象词语，字义虽然不多，但在文法上的变化非常复杂，可以与连词用；又可作介词及放在形容词后面用，和"与""而"等字相通。

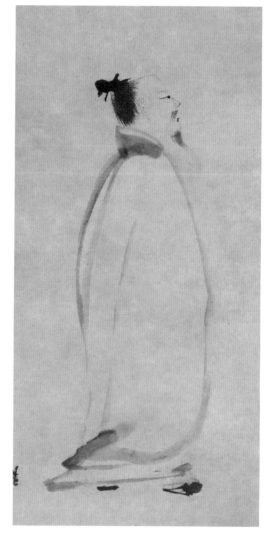

《李白吟行图》 【宋】梁楷

字义源流

"以"是个会意字，它的小篆字形"㠯"，就是将已经的"已"字倒写的形状。"已"作停止讲，倒过来就是不停止，不停止就是要继续进行；"行"然后才有用，因此，"以"的本义是用或为的意思，如"以身作则"，《论语·为政》："视其所以。"

"以"又是缘故、理由，《诗经·邶风·旄丘》："何其久也，必有以也。"李白《春夜宴桃李园》序："古人秉烛游，良有以也。"

"以"也是抽象的词语，字义虽然不多，但在文法上的变化非常复杂。"以"可与连词用，加在往、来、前、后、上、下或东、西、南、北的前面，如"从此以往""今日以前""自有生民以来，未有孔子也"等；"以"也可作介词用，同"于"字，通常是放在形容词后面，如"难以济矣"。

"以"也指时间，如"田文以五月五日生"。

"以"和"与"字相通，如"滔滔者天下皆是也，而谁以易之"。

"以"又同"而"字，《礼记·乐记》："治世之音安以乐。"

"以"字的正确写法是：右偏旁为"人"形，是一撇一点；左偏旁则是一竖一挑一点，不可写成一竖钩一点，同时点要紧接在挑之后；不过现在多点在竖挑之间了。

| 说文解字 | 以（㠯），用也。从反已。贾侍中说：已，意已实也。象形。字在"人"部。 |

乐：音 yuè，如"音乐""乐毅"。又音 lè，如"欢乐""乐
不可支"。又音 yào，如"仁者乐山"。又音 lào，如"乐
亭县"。

字义源流

甲骨

篆

隶

"乐"是常见、常用的字，有好几种读音和解释，
应注意辨别，运用起来才不会闹笑话。

"乐"，音 yuè，指有规律、和谐动听的声音，
如"音乐""乐队""乐曲"。

"乐"也是姓氏，战国时代燕国人"乐毅"贤
而好兵，拜为上将军，曾率赵、楚、韩、魏、燕五
国兵马伐齐，攻下齐国七十多座城池。

"乐"又音 lè，是愉快、欢喜的意思，如"欢
乐年年""与民同乐""有朋自远方来，不亦乐乎"；
还有喜爱的意思，如"乐此不疲""乐于助人""安
贫乐道"；还有安康的意思，如"康乐""安乐"。

"乐"又音 yào，是爱好的意思，如《论语·雍
也》："知（智）者乐水，仁者乐山。"

"乐"又音 lào，大多作地名，如河北省有"乐
亭县"、山东省有"乐陵市"；但也有例外，如广
东省的"乐昌市"和四川省的"乐山市"应读 lè，
不读 lào。

"乐"字作名词用有两种读音：一是 yuè，是

《宫乐图》 【唐】佚名

五声八音的总称。二是 lè，多为地名。

"乐"作形容词用读 lè，表示愉快、欢欣等意思，如"乐不可支""乐不思蜀"。

"乐"作动词用读 yào，表示喜爱。

《孟子·梁惠王》："独乐乐，与人乐乐，孰乐？"这句话经常为人引用，正确读法应该是第一、三两字读 yuè，其余均读 lè："独 yuè lè，与人 yuè lè，孰 lè？"许多人读错了。

说文 | 乐（樂），五声八音总名。象鼓鞞。木，虡（jù）也。
解字 |

而：音 ér，释义极广，可作承接、转接、语助等词语用。和"如""以""与"等通，更可作须或你讲，因多浮泛，不可滥用。

字义源流

甲骨

篆

隶

"而"字古来是一个虚词，释义极广，行文泛荡，偶一滥用便有虚浮不实之嫌，故运用时必须小心。

"而"字可作承接词，含有因、则、又、后等意思，《荀子·劝学》："玉在山而草木润，渊生珠而崖不枯。"意思是：宝玉埋在深山，草木就会很润泽，深水里有珍珠生长，崖岸就不会干枯。

又是转接词，含有然、乃等意思，《论语·学而》："其为人也孝弟（悌），而好犯上者，鲜矣！"

还是犹与、及等义，《墨子·尚同》："闻善而不善，皆以告其上。"用在句的中间，跟"之"字或语体"的"字用法相似，《论语·宪问》："君子耻其言而过其行。"

又当"若"讲，如"人而无信""虽死而生"。

"而"字是"能"的意思，《国策·齐策》："齐多知（zhì），而解此环不？"是说：齐国人很聪明，能解开这个玉连环吗？

还可作助词，多用在一个词或一句话的末了，表示语气的助词，《论语·微子》："已而！已而！

今之从政者殆而。"

"而且"就是并且；"而况"就是况且、何况，是表示进一步语气的词；"而已"是表示限制或让步的助词；"而今"就是现在，是"如今"的转音；"而后"就是以后；"而立之年"就是三十岁，《论语·为政》："三十而立。"

"而"字除作虚词讲，也可作实词讲。"而"就是髭须，《说文段注》："而为口上口下之总名，分别之。口上为髭，口下为须。"

又同"你"，《左传·昭公二十年》："余知而无罪也。"

据说从前有学生作文爱用"而"字，在两百字的短文中竟然用了三十几个"而"字。老师认为他用得太泛滥了，便批下这样一段妙语："应而而不而，不应而而而，而今而后，已而已而！"虽是一段笑话，亦可证"而"字不宜滥用。

《胡人相马图》 【宋】廉布（款）

说文解字 | 而，颊毛也。象毛之形。《周礼》曰："作其鳞之而。"凡而之属皆从而。字在"而"部。

吃：音 chī，是把食物放在嘴里咀嚼吞食，与"喫"字通用。旧音 jí，如"口吃"，就是俗称的"结巴子"；"吃吃"是笑声。

屹：音 yì，是形容高耸而独立的样子，如"屹立"。"口吃（jí）"今念"口吃（chī）"；"屹（yì）立"不念"屹（qì）立"。

字义源流

"吃"，音 chī，是把食物放在嘴里咀嚼吞食，大家都很熟悉。

不过，在现代常用的语汇中，"吃"所表示的并不一定是真正的咀嚼吞食，如"吃苦"是表示所处的环境非常艰困；"吃亏"是说遭遇到某种说不出口的损失；"吃力"是形容做事很费力气。

"吃醋"是嫉妒别人胜过自己；"吃香"是做人很成功，处处受欢迎。

"吃水"是借船舶入水的深度来计算全船的重量。类似的例子很多，虽然都不是真正的吃，但可使我们所想表达的意思更为充实而生动。

"吃"字旧音念 jí。通常有两种意义，一是如"口吃"，是指人说话不流利，发音也不正确，就是俗称的"结巴子"，《史记·韩非列传》："非为人口吃，不能道说，而善著书。"韩非有口吃的缺陷，不善于讲话，却擅长于著书立说。二是如"吃吃"，则是笑的声音，如《飞燕外传》："帝昏夜拥昭仪居九成殿，笑吃吃不绝。"这两种意义的读音今皆念 chī。

屹　屹　屹

汉字连连看

"屹"（yì）字与"吃"字外形相似，也容易念错。

"屹"，音 yì，字在"山"部。

"屹"是形容高耸而独立的样子，如"屹立不摇""屹然不动"。有的人把它念成"屹（qǐ）立""屹（qǐ）然"，都是不对的。

说文 | 吃，言蹇难也。从口，气声。字在"口"部。
解字 |

《韩熙载夜宴图（局部）》 【五代】顾闳中

吗：音 ma、má，又音 mǎ。前者是疑问助词，中者指疑问代词，后者指"吗啡""吗呼"。

字义源流

"吗"，字在"口"部。后起字，《说文》无。

"吗"，音 ma，是语助词，用在句末以表然否之疑问，或故作反诘。简单地说，就是疑问助词。如到访问语："有人在家吗？"反诘语："这么简单的字你都来问我，难道你从来没听人说过吗？"

"这个吗"，是一句口头习惯用语，没多大意义，作用是把语气稍作停顿，或趁机想一想好缓和一下气氛，其后必有下文。也有人写作"么"或"嘛"，不过是口头语罢了，文义不必深究。

音 má，表示疑问代词，如"干吗"，是说为什么这样，或做什么事。

"吗"又音 mǎ。"吗啡（morphine）"是鸦片的主要成分，占 10% 以上。"盐酸吗啡"易溶于水，有麻醉和镇痛药理效果，并具有精神性的快感作用。但性毒，仅四毫克即可致人于死；逐渐服用则又成为不可少之品，虽服多于此者亦无致死之虞。"吗啡中毒"谓受吗啡毒者，其征象有二：轻者头痛疲倦，思想迷糊；重者陷于昏睡状态，肌肉弛缓，脉

搏微而迟，瞳孔缩小，渐以衰颓。

　　"吗呼"是形容含糊不认真，现基本作"马虎"，如："他这人做事一向很马虎，请不必介意！"

回：音 huí，为返还之称；又是次数、小说段落及曲折等义。"回"是种族名，如"回族"；也是姓氏。"回"字是大小两方形，将其中小方形写成两长竖、两短横是俗字。

字义源流

金文

篆

隶

"回"，是个象形字，陶文、小篆的字形是"回"。内外并象回转之形。所以，本义作转解，引申为返还之称，如"回来""回敬""回首"及"回眸一笑百媚生"等，都是这一意义。

"回"又是次数，一次、一遍叫"一回"，如孟郊《济源寒食》诗："一日踏春一百回，朝朝没脚走芳埃。"杜甫《赠花卿》诗："此曲只应天上有，人间能得几回闻。"

"回"也是旧小说所分的段落，一章或一节称"一回"，如《水浒传》第七回"且听下回分解"，所以名叫"章回小说"。

"回"亦指曲折，如"回廊""回避"。

"回族"是族名，为中华民族之一，多居我国宁夏、新疆、甘肃等地。

"回"也是姓氏，为古代贤者"方回"之后；也有人说祝融系"吴回"之后。"回禄"本是火神名，俗借为火灾之称。

《阿房宫图屏》 【清】袁江

　　"回"字是一大一小两个方形，有人将其中的小方形变成两长竖、两短横，这是不合造字原意的。

说文
解字 ｜ 回，转也。从口，中象回转形。字在"口"部。

好：音hǎo、hào，有时要视上下文的意思才能定其读音，如"好（hǎo）事"是指有益于他人之事，"好（hào）事"则是指喜欢兴造事端而言。

字义源流

"好"，音hǎo，在甲骨文中从"女"从"子"，意即妇女生子就是"好"。因之"好"就是美的、善的。品行纯正的人谓之"好人"；做有益于他人之事谓之"好事"；欣赏美丽的湖光山色是"风景好"；从事任何工作都无往而不利是"运气好"；文章优美是"绝妙好辞"；祝贺新婚可说"花好月圆"。"好"字乃是表示完美、完善的常用字。

"好"又念hào，就是喜欢、喜爱之意，如喜欢读书的人是"好学不倦"。以仁爱为怀的人有"好生之德"。"好问"就是喜欢问，如《尚书》："好问则裕，自用则小。"因为能问，就能有收获，所以觉得满足；自以为是而不问，所知有限，当然难成大器。"好大喜功"就是好用武力，争取功劳，实不足取。

"好辩"是喜欢以道理胜人，《孟子·滕文公下》记载孟子答复公都子的问题："予岂好辩哉？予不得已也。""好问"与"好辩"，可以说都是追求学识与真理所不可或缺的精神。

"好"也指璧中间的孔，如《周礼·冬官》："璧羡度尺，好三寸，以为度。""羡"就是直径，也就是说径尺之璧的孔当以三寸为准。

"好"字有 hǎo、hào 两个读音，有的时候要视上下文的意思才能定其读音，如"好（hǎo）事"是指有益于他人之事，而《孟子·万章上》中的"好（hào）事者为之也"则是指喜欢兴造事端；《礼记·大学》中的"如好（hào）好（hǎo）色"则是指喜欢美色而言。像这样的例子很多，望能加以注意。

说文解字 ｜ 好，美也。从女、子。字在"女"部。

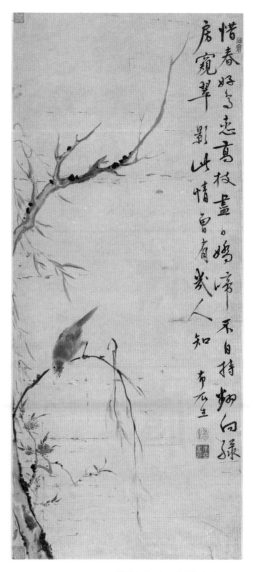

《高枝好鸟图》 【清】华嵒

传：音 chuán，是讲授、继承、公布、召见的意思。

又音 zhuàn，是解释经义、记载事迹的书；亦指驿站、驿车。"传记文学"不是"chuán 记文学"；"传车"不可念"chuán 车"。

字义源流

金文

篆

隶

"传"，音 chuán，讲授的意思。如唐代文学家韩愈《师说》："师者，所以传道授业解惑也。""传道"，就是把道理教给学生。

"传"也是继承的意思，如《孟子·万章》："至于禹而德衰，不传于贤而传于子，有诸？"句中的"传"指"传位""传国"。

由"继承"的意义引申而来的，如："传统"，是代代相传，积沿而成的习俗和规律；"传薪"，是说师生德业相承，传之无穷；"传衣钵"，指和尚把自己的袈裟和钵盂传给弟子，后来把学术艺能上得自老师真传的也叫"传衣钵"和"衣钵真传"。

"传"，也指公布、递转的意思，如"传布""传播"。由于"传布""传播"不外用语言或文字公开发表，所以又称为"宣传"。"宣传"本来是希望影响别人的意志、情感和行动的工作，但是对挑拨、离间、破坏、分化的"恶意宣传"，基于整体利益与社会安全，应该保持客观而冷静的判断才对。

"传"，还指召之使来，如"传见""传审"。

"传"，又音 zhuàn，指解释经义的书。如左丘明为《春秋》作注解的史书称为《春秋左氏传》，即《左传》，公羊高所撰述的《春秋》注解称为《公羊传》。记个人事迹以传（chuán）之于世的作品也称"传"，如"自传""列传"。古代的"驿站、驿车"也叫"传"，如"传舍""传车"。

《伏生授经图》 【唐】王维

"传"，念 chuán，是讲授、继承、公布、召见的意思；念 zhuàn，是解释经义、记载事迹的书或指驿站、驿车。所以传记文学不是"传（chuán）记文学"，文天祥正气歌里的"传（zhuàn）车送穷北"不可念"传（chuán）车送穷北"。

说文解字 | 传，遽也。从人，专声。字在"亻"部。

名：音 míng，人物的称谓叫作"名"；例如声望、官职的封号、计算人数的词，以及说出来等，都叫作"名"。

甲：（等人的样子，不停地东张西望。）

乙：（慌慌张张走过来，撞了甲一下。）

甲：（看了乙一眼，没理他，又掉头他望。）

乙：（生气地）哼！这个人真是莫名其妙，那儿不好站，偏要站在这儿。（走过去）

甲：喂！（乙站住）你说什么？

乙：（不讲理地）说什么？说你莫名其妙！

甲：是你撞我的呀！你才莫名其妙呢！

乙：撞你怎么样？莫名其妙！

甲：你才莫名其妙呢！

乙：你才莫名其妙呢！

……（二人就这样"妙"下去。）

字义源流

莫名其妙的"名"字，用法非常普遍，一般人都已耳熟能详。"名"作动词用的时候，一般作说出讲，如《论语·泰伯》："荡荡乎！民无能名焉。"就是说：天道之大，无为而成，唯尧则之以治天下，故民无得而名。因为尧帝功业之大，是无法说得出来的。

"感激莫名""莫名其妙"这两句成语里的"名"字，也都当说出来讲。写成"感激莫明""莫明其妙"便错了，因为"明"字的意义是明白、通晓，这两句成语便成了"不明白感激的原因"和"不明白它的奥妙之处"了。不仅没有根据，也失去本来的意义了。

"莫名其妙"这句成语有几种用法：一，对深奥或奇怪得难以解说的事物可以说"莫名其妙"。二，对不知道什么缘故的事可以说"莫名其妙"。三，指责别人言行荒谬或不懂道理，像甲乙的互责，究竟是谁"莫名其妙"？

说文 | 名，自命也。从口从夕。夕者，冥也。冥不相见，故以口自名。字在"口"部。
解字 |

《兰亭诗序图卷》 【明】钱贡

合：音 hé，是闭、全、与、环绕、交锋及应当、折算等意思；又与"和""盒"两字相通。又音 gě，量名。

石：音 shí，指构成地壳的矿物质，又音 dàn，是重量名。

字义源流

甲骨

篆

隶

"合"，音 hé，虽然是个常见的字，但含义和解释很广泛，有的大家很熟悉，有的也许不太注意。"合"字最普通的解释是闭拢的意思，如"合口""合上眼睡了"；拜佛时两手十指合拢行礼叫作"合十"。

"合"又是全体的意思，如"合家欢"；还是配的意思，如"天作之合"；还是环绕的意思，如"合围""合抱"。

古代两军交锋也叫"合"，如《史记·项羽本纪》："楚挑战三合。"章回小说常有"二人大战三百回合"；也是应当的意思，如诗句"行遍江南清丽地，人生只合住杭州"；又是折算的意思，如"一公里合两市里"。

"合"和"和"也相通，如"我有话合你说"；也和"盒"字相通，如《甘泽谣》："但取床头金合为信耳。""六合"是指天地四方；"合同"则是双方各存同样一份为凭据的契约。

"合"字作容量名词讲，要读 gě，"合"是一升的十分之一。

石 石 石 石

汉字连连看

  同样，"石（shí）"字如果作容量名，要念 dàn，也就是十合（gě）为一升，十升为一斗，十斗为一石（dàn）。我国古代官吏所得俸禄，大都以多少石（dàn）作为等级的标准，如汉制"二千石"就是一个标准。"石"又是重量的名称，古代以一百二十斤为一石，今日则以一百斤为一石。

  "石"又音 shí，为构成地壳的矿物质硬块。"石破天惊"喻文章议论新奇惊人。又指石刻，如"金石"。又指古代用来治病的针，如"药石"，"药石之言"喻规劝人的话。

  "合"和"石"两字除了作容量名词之用外，其余均读本来的音：hé 和 shí，尤其作姓氏时为然，如"石（shí）达开""合（hé）左师"（宋人）。

说文
解字　合，合口也。从亼从口。字在"口"部。
　　　石，山石也。在厂之下；口（kǒu），象形。凡石之属皆从石。字在"石"部。

《云白山青图卷》 【清】 吴历

会：音 huì，如"集会"；音 kuài，如"会计""会稽"。
读音不同，释义有别，要注意分辨。

《文会图》 【北宋】赵佶

字义源流

"会"，音 huì，是集合，也是相见的意思。如三国魏曹丕《燕歌行》："别日何易会日难，山川悠远路漫漫。"很多人集合在一起称"会"，如"聚会""集会"；很多人由集合而组成的团体也叫"会"，如"农会""工会"；大城市也叫"会"，如"省会""都会"。

"会"，也指时机，如"机会难得""适逢其会"；又指了解、通晓，如"领会""体会"。陶渊明《五柳先生传》："好读书，不求甚解，每有会意，欣然忘食。""会意"，一指领悟，一指我国文字的六书之一，如"止戈"为"武"、"人言"为"信"。

"会"，也是预期、能够、适值之意。如杜甫《望岳》诗："会当凌绝顶，一览众山小。"

"会"，还指短暂的时间，如"一会儿"。

"会"，又音 kuài。是姓氏，如汉代有一位武阳令叫"会栩"。也指管理财务出纳的人或事，如"会计"。

"会稽"，古时的地名，即今浙江省绍兴市，所产绍兴黄酒远近驰名。绍兴城南的茅山又称"会稽山"，风景清丽。

说文解字	会，合也。从亼，从曾省。曾，益也。凡会之属皆从会。字在"会"部。

争：音 zhēng，指双方互不相让，都希望把某物变为自己所有，所以凡是竞取之事都作"争"；又与"诤""怎"通用。

字义源流

"争"就是双方互不相让，都希望把某物变为自己所有，所以凡是竞取之事，都叫作"争"。《论语·八佾》："子曰：'君子无所争，必也射乎！揖让而升，下而饮，其争也君子。'"意思是说：君子是与人无争的，要争，也只有在比赛射箭的时候，但还要互相行礼谦让一番再较量，比赛完了，取杯对饮，这样的"争"才是"君子之争"。这也是孔子勉励弟子们，在不能"无争"的时候仍然要依照礼节和规矩去"争"，才不失君子的风度。

除了射箭之外，任何竞争都有其程序和规则，如运动有运动的规则，考试有考试的规则，选举有选举的规则。如果有人不守规则，想在竞争中获得胜利，这不仅不公平，而且会严重伤害到竞争的目的，甚而破坏社会的秩序，所以任何竞争都必须守法。

"争"可以与言字偏旁的"诤"字通用，如《孝经》："昔者，天子有争臣七人，虽无道，不失其天下。"意思是：过去，天子身边如果能有几个敢

《小庭婴戏图》 【南宋】佚名

于直言劝谏的臣子，即使天子没有德行，也不会失去天下。又说："士有争友，则身不离于令名。"意思是：士人身边有敢于直言劝谏的朋友，那么他就能保持美好的名声。"争臣""争友"就是能规过劝善的大臣和朋友。

"争"也可与"怎"字通用，如白居易《题峡中石上》诗："诚知老去风情少，见此争无一句诗？"又如《西厢记·惊艳》："春光在眼前，争奈玉人不见！"句中的"争"字就是"怎"。

说文
解字 | 争，引也。从受、厂。字在"夕"部。

师：音 shī，是把知识、道术和技能传授给别人的人，又是专家、军队之称，还作榜样讲。"师心自用"一语，不可写念成"私心自用"。

字义源流

"师"就是把知识、道术和技能传授给别人的人，如"老师""教师""师父"。《论语·为政》："温故而知新，可以为师矣。"韩愈《师说》："师者，所以传道、授业、解惑也。"

"师"是指具有专门智慧或技艺的人，如"画师""律师"。

"师"又作榜样讲，如"前事不忘，后事之师"。

"师范"就是师法模范，也是"师范学校"的简称。

"师"又是军队的编制名称，周朝以二千五百人为一师，今天"师"则是在"军"以下，"团"以上的单位；后来凡是军队都叫作"师"，如"兴师""誓师"。《左传·僖公二十八年》："师直为壮，曲为老。"指用兵时理由正义，士气才能旺盛；反之理由不正义，士气就会衰落。

"师友"是师与友，指可以求教请益的人；"尊师重道"则是尊重师长与道统，如博学多能、诲人不倦的"万世师表"孔夫子。为了纪念这位大圣人，发扬尊师重道美德，汉晋时期曾规定每年农历八月

《孔子像》 【南宋】马远

二十七日（孔子诞辰日）为"教师节"，以示纪念。

"师心"指以自己之心意为师，后来称固执己见，自以为是，如"师心自是"或"师心自用"。颜之推《颜氏家训》："见有闭门读书，师心自是，稠人广坐，谬误差失者多矣。"是说：看到有些人闭门读书，自以为是；而当大家坐在一起讨论问题时，他的见解真是错误太多了。

"师"字的解释很多，"师心自用"一语有人写念成"私（si）心自用"，那是不对的。

说文 | 师，二千五百人为师。从帀从𠂤。𠂤，四帀，众意也。字在"巾"部。
解字 |

次：音 cì，是不前不精，也就是人们常说的"第二"；
顺序、回数、地方及至都称为"次"。

《茅店鸡声图》 【清】袁耀

字义源流

"次"字由"欠""二"两字合成,"二"是声符。

"欠"是缺欠,"二"表示不是最好的,但也不坏,也就是次好的意思,所以"次"的本义是不前不精。所谓"不前"即不前进,不领先;所谓"不精"则不是至好的。引申来说就是"欠前欠精"之意,人们常说的"第二",就是"次"的本义,如"次男""次要""次日",《左传·昭公二十年》:"唯有德者,能以宽服民,其次莫如猛。"

根据以上的说明,后人把质量不精也叫"次",如"次货";北京话把人品不好说成是"人头儿太次"。

"次"是顺序,如"层次""次次";也是回数,如一回就叫"一次";"席次"是排定的顺序;"栉比鳞次"是说房屋排列得很密集。

居止住宿的所在地也叫"次",《尚书·泰誓》:"王次于河朔。""舟次""旅次""军次"都是这个意义。

"次"还可以当至讲,如"次骨"指刑罚过重,深刻至骨,《史记·酷吏列传》:"内深次骨。"恨人甚者,或形容言论处事之深刻,也可以用"次骨"来比喻。

| 说文解字 | 次,不前,不精也。从欠,二声。字在"冫"部。 |

并：音 bìng，凡齐集一处都叫"并"；又是比的意思；还作完全、实在讲。又音 bīng，指山西太原。

甲骨

篆

隶

《荷花鸳鸯图》 【明】陈洪绶

字义源流

"并"，音 bìng，异体字有四个：並、併、幷、竝。

"并"是个象形会意字，甲骨文的字形是"𠀤"，小篆的字形是"幷"，都是像两个人正面直立在地上。以此会意，所以凡齐集一处都叫"并"，如"并立""并坐""并肩作战"。"竝"字就是"并"的本字。

"并处"就是群居，《荀子·富国》："人伦并处，同求而异道。"

"并禽"指鸳鸯，元代吴景奎《四时词》："并禽不受雕笼宿，背人飞向荷阴浴。"

"并蒂"是说两花共一蒂，如"并蒂莲""并蒂兰"，杜甫《进艇》诗："俱飞蛱（xiá）蝶元相逐，并蒂芙蓉本自双。"人们也以"并蒂花"比喻夫妇之恩爱和好；"花开并蒂"则是祝贺新婚夫妇的吉祥话。

"并"又是比的意思，意思是说和它相比并，《礼记·礼运》："圣人参于天地，并于鬼神。"

"并"又作语体文中的完全、实在讲，多用在"不是""没有"等词的前头，是按照实际情形表示稍微反驳的口气，如"实际人数并没有你说的那么多"。

"并"又音 bīng，"并州"为古代九州之一，今山西太原的别称。

说文
解字

并（併），并也。从人，并声。字在"八"部。

并（幷），相从也。从从，开声。一曰从持二为并。

并（竝），并也。从二立。凡竝之属皆从竝。

当：音 dāng，是应该、担任、主持、对着、相称；又是正值、抵抗的意思。音 dàng，是圈套、抵押、代替、合宜。

字义源流

"当"，音 dāng，是应该的意思，如"应当""当然"；是担任的意思，如"承当""充当""当兵"。《论语·卫灵公》："当仁不让于师。"

"当"，也是主持的意思，如"当家""当权"；是对着的意思，如"当面说清""当机立断"；是相称（chèn）相配的意思，如"旗鼓相当""门当户对"。

"当"，又是在、正值的意思，如"适当其时""当口儿"；还是抵抗、阻拦的意思，如"锐不可当""螳臂当车""一夫当关"。

"当心"是留神；"当面"是对着别人的面；"当地"是指本地；在某时候可以说"当日""当时""当初""当年"（此时"当"可念 dàng）。

可与"挡"字通用，如"抵当"就是"抵挡"。

"当"，又音 dàng，是圈套，如"上当"；是抵押，如"当铺""典当"；又是代替的意思，如宋朝诗人杜小山《寒夜》诗："寒夜客来茶当酒。"还是合宜的意思，如"适当""恰当"。

"当作"，作为的意思。

"当是"，就是以为是，如："我当是谁？原来是你。"

"当真"，则被认为是事实，也是疑信未定的疑问词，如："此话当真？"

"当"又指在同一时间，如"当时""当日"。

"当"，又同"党（dǎng）"，如《庄子·天下》："公而不当，易而无私。"是说：公正而不结党，平和而不偏私。

"当"的 dāng、dàng 两个读音，用时必须注意，如"当（dāng）头"是正对着头，"当（dàng）头"则是向当铺借钱时的抵押品。再如"当时"念"dāng时"是指那时，如"当（dāng）时我没注意"；念"当（dàng）时"，则指马上、立刻，如"接到限时信，当（dàng）时就赶回去了"。"当日"也是如此。

说文解字 | 当（當），田相值也。从田，尚声。字在"⺌（小）"部。

115

兴：音 xīng，是起来，发动、流行、准许及旺盛等意思。又音 xìng，是《诗经》六义之一；也是趣味和喜悦的情绪。

字义源流

"兴"，音 xīng，是一个很古老的字，在金文（🜪）和篆文（🜪）中是以四只手同时举东西，所以"兴"字的本义就是同心同力共举一物，也就是起的意思。《诗经·小雅·小宛》："夙兴夜寐，无忝尔所生。"意思是说：要早起晚睡，共同努力，不要羞辱了父母。《礼记·中庸》："国有道，其言足以兴。"是说：君子在位，他的言谈足以振兴国家。

"兴"也是推行之意，如《论语·子路》："事不成，则礼乐不兴；礼乐不兴，则刑罚不中（zhòng）。"这是孔子与子路讨论正名的一段话，是说事情做不成，则礼乐不能推行；礼乐不能推行，刑罚便不能得当。

"兴"也是昌盛的意思，《诗经·小雅·天保》："天保定尔，以莫不兴。"是说：上天保佑你安定，就没有不兴盛的事情。

在口语中"兴"就是发明，如："这是谁兴的花样？"

"兴"也是流行，如："妇女的鞋子，一时兴圆头，一时又兴尖头，年年在变。"

"兴"又是准许，如："上课时不兴胡闹。"

"兴"又是或许之意，如："明天他也兴来，也兴不来。"

"兴"又音 xìng，比喻之意，是《诗经》的六义之一，即风、雅、颂、赋、比、兴。

"兴"也指趣味和喜悦的情绪，如"兴高采烈""兴致勃勃"。

说文解字 | 兴（興），起也。从舁，从同。同力也。字在"八"部。

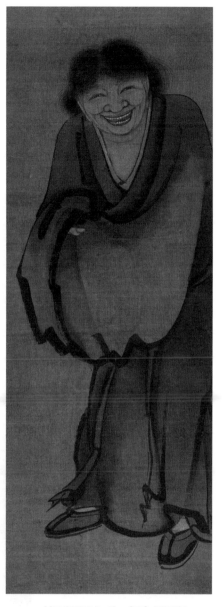

《寒山拾得图（之一）》 【元】颜辉（传）

过：音 guò，是超越的意思；又是太、甚、差失、错误之意。凡经历、由此到彼或以往都可以叫"过"。又音 guō，是姓氏。作姓氏时不可念 guò。

徙 金文

遍 篆

过 隶

《仙人过海图》 【明】佚名

字义源流

"过"，音 guò，超越的意思，如"过度"是超过了限度。《尚书·禹贡》："言取之有节，不过度。"

"过犹不及"，出自《论语·先进》，是说超过限度或没有达到限度，同样是不适当的。

"过"，又是太、甚的意思，如"过奖""过虑""并不为过"。

"过"也是差失、错误，如"过失""过错""记大过"。《论语·学而》："过，则勿惮改。"是指有了错误，不要怕改正。

大凡经历、由此到彼或以往，都可以叫"过"，如"过去""经过"。"过程"，是说事物连续变化或进行的历程。

"过来人"，是对于某种事情有亲身体验的人。

"过户"，是物主或用户更换姓名。"过门"，是女子嫁到男方家里。

"过江之鲫"，比喻来往的人很多。

"过路财神"，比喻只是经手，并不属于自己的财物。

"过"，也是往访或来访的意思。《战国策·燕策》："愿足下急过太子。"孟浩然诗："炎月北窗下，清风期再过。"

"过"又音 guō，是姓氏，汉朝有"过晏"其人。

| 说文解字 | 过（過），度也。从辵，咼声。字在"辶"部。 |

更：有 gēng、jīng、gèng 三个读音。除了指时刻可以念 jīng 外，其余 gēng 与 gèng 的意义是不一样的。"更（gēng）新"是换新；"更（gèng）新"则是比新的还要新。"更（gèng）生"是再生、重生，"自力更（gèng）生"今念"自力更（gēng）生"。

字义源流

金文

篆

隶

"更"，音 gēng，就是改换、变更，如《礼记·月令》："岁且更始。"意即一年已过，又要换新年了；"更衣"就是换衣服，也可作为上厕所的托辞；"更年期"是医学名词；"更仆难数（shǔ）"是比喻事物繁多，因为事情一繁，仆侍人员必会疲倦，故要加以更换。

"更"也是代替之意，如"更代""更替"；又是相互转换之意，如"更迭""更递"；又当作经历讲，如"少不更事"是说年纪轻，没有处世的经验。

"更"也是姓氏，如战国时的魏国有一个名射手叫作"更赢"。

"更"也是时刻，从晚上七点到第二天早上五点，这十个小时共分为五个"更"。"更"用在时刻上可以念 jīng，如宋代周邦彦词《少年游》："城上已三更（jīng），马滑霜浓，不如休去，直是少人行。"

"更"又音 gèng，是再的意思，表示加重一层之意，如王之涣《登鹳雀楼》诗："白日依山尽，黄河入海流。欲穷千里目，更上一层楼。"王维《渭

《快雪时晴图》 【元】黄公望

城曲》："劝君更尽一杯酒，西出阳关无故人。"

"更"也是竟然、终于的意思，如花蕊夫人《述亡国》诗："十四万人齐解甲，更无一个是男儿。"都是大家熟悉的句子。

"更"除了指时刻可以念 jīng 外，其余 gēng 与 gèng 的意义是不一样的。"更（gēng）新"就是换新，"更（gèng）新"则是比新的还要新；"更（gèng）生"是再生、重生，古音"自力更（gèng）生"到今天就演化成"自力更（gēng）生"了。

说文
解字 | 更，改也。从攴，丙声。字在"曰"部。

足：音 zú，是人体的下肢、动物腿部着地的部分；还可当满、止、可以等讲。又音 jù，是过分，如过分谦恭叫作"足恭"，不可念成"zú恭"。

字义源流

"足"，音 zú，是人体下肢的总称，也就是脚，多指小腿与脚部相连而凸起骨头的以下部分，也就是俗称"踝骨"以下的部分，如脚印或行踪所到之处叫"足迹"。比喻好静的人不出门一步则叫"足不出户"。

凡动物之肢都可叫"足"，如"百足之虫，死而不僵"。物体的下部也叫"足"，如"三足鼎""鼎足三分"。

"足"又当步履讲，如"捷足先登"；称人家的学生叫作"高足"，对人的尊敬称呼叫"足下"，多用于书信中。

满意叫作"满足"，雨水充分叫作"沾足"，衣食都很丰裕叫作"足衣足食"。

"足"又当"可以"讲，如"不足为训""足慰下怀"。

"不一而足"就是不止一样，不值得挂念叫"何足挂齿"，不值得一看叫"无足观也"。

"足"又音 jù，是过分的意思，如"足恭"就

是过分的谦恭，且近乎造作，《论语·公冶长》："子曰：'巧言令色，足恭，左丘明耻之，丘亦耻之。'"意思是说：有一种人言语故意说得好听，面色故意装得好看，态度故意显得谦卑，总想讨人欢喜。像这样谄媚的人，左丘明认为可耻，我孔丘也认为可耻。这是孔子指斥伪善者的态度，也可见伪君子之为人所共弃了。

又指增补、接连的意思，如《列子·杨朱》："逃于后庭，以昼足夜。"

"足（jù）恭"不可以念"足（zú）恭"，这一点要特别注意。

| 说文解字 | 足，人之足也。在下。从止、口。凡足之属皆从足。字在"足"部。 |

形：音 xíng，是图像、地势、体态、容色、样子；又作显现、比较讲。

型：也音 xíng，是模子、法式、样式。

字义源流

"形"，篆体字作"形"，指图像，如"图形""三角形"；指地势，如"地形"；指体态，如"形体""形骸"；指容色，如"形色""形貌"；又是样式，如"形式"；又作显现讲，如"诚于中，形于外""喜形于色"。

还可作比较讲，如"相形之下""相形见绌"。

"形声"是六书的一种，即由意符与音符合组而成，意符表形，音符表音。形声字因部位之不同，分为六等，其结构法则是：一、左形右声，如"江""河"；二、右形左声，如"鸠""鸽"；三、上形下声，如"草""藻"；四、下形上声，如"婆""娑"；五、外形内声，如"圃""国"；六、内形外声，如"闻""问"。

"形容词"是文法上一种词类，以形容事物的形态、性质，常附加于名词之前，如"高山"的"高"，"温暖"的"温"。旧时称"形容词"为静字或区别字。

"形而上学"是哲学名词，本创自亚里士多德，是英文 metaphysics 的意译，又名"玄学""纯粹哲学"或"超物理学"。因其以超形体的境界如精神、神、本体为对象，所以我国以《易经》的"形而上"一语译作此名，原文见《易经·系辞上》："形而上者谓之道，形而下者谓之器。""道"指精神，"器"指物质。

汉字连连看

"形""型"的音义很接近，区别是："型"指铸造器物的模子，如"模型"；指样式如"发型""流线型"。凡外形已成法式的才叫"型"，否则仍然是"形"。了解此一区别，便不会混淆不清了。

说文　形，象形也。从彡，开声。字在"彡"部。
解字　型，铸器之法也。从土，刑声。字在"土"部。

《靓妆仕女图》 【北宋】 苏汉臣

步：音 bù，是行走、长度名；又指气运、追随或模仿。

陟：音 zhì，是登、晋升、进用等意思。

字义源流

甲骨

篆

隶

"步"字在甲骨文（𣥐）中是像人走路时两只脚一前一后的形状，故"步"的本义就是行，如《礼记·祭义》释文："一举足为跬（kuǐ），再举足为步。"《小尔雅·广度》："跬，一举足也，倍跬谓之步。"故行走时两足之距离就叫"一步"。"步"也是古时的长度单位，据《史记》的记载："秦始皇以六尺为一步。"后来"步"有八尺、有六尺四寸、有五尺等不同的标准。

"步"也指气运，如国家多难就叫"国步维艰"。

"步"也是追随的意思，如《庄子·田子方》："夫子步亦步，夫子趋亦趋。"后人便把事事追随或模仿别人叫作"亦步亦趋"。用他人诗中的原韵以和（hè）诗，好像步步相随一样，所以叫作"步韵"。

陟　陟　陟　陟
甲骨　　篆　　隶

汉字连连看

"陟"，音 zhì。

"陟"字在甲骨文（ ）中很像一个人的两只脚一步步地向上走，所以"陟"的本义就是登，如《诗经·召南·草虫》："陟彼南山，言采其薇。"是登上南山，去采野菜之意。"陟遐自尔"是说行至远处，必自近始。

"陟"也是进用的意思，如诸葛亮《前出师表》："宫中府中，俱为一体。陟罚臧否（pǐ），不宜异同。"是说皇宫和相府是一体的，人事上的擢升、惩罚、奖善、去恶，不应该有不同的标准。

"步"字一共七笔，下面不可写成"少"字；以"步"字为偏旁的"陟""涉"等字书写时也应注意。

说文　步，行也。从止少相背。凡步之属皆从步。字在"止"部。
解字　陟，登也。从𨸏从步。字在"𨸏"部。

《步辇图》 【唐】阎立本

远：音 yuǎn，是距离很大、深奥、长久等意思，如"远走高飞""深远""久远"。又音 yuàn，是避开、离去及疏而不近的意思，如"远庖厨""远小人"。

字义源流

"远"，音 yuǎn，跟"近"相反，指空间、时间的距离，以及事物的差别，如"久远""路远"。《礼记·王制》："屏（bǐng）之远方。"

"远"又指才智、品德、相貌、技能的距离很大，如"两人一比，我还差得很远"，《战国策·齐策》："弗如远甚。"

"远"也是延长、长久，如"绵远"就是久远。

"远"又是关系疏，不亲密的意思，如"远房亲戚""疏远"；又有深奥的意思，如"深远"。

"远虑"是深远的思虑，《论语·卫灵公》："人无远虑，必有近忧。"

"远日点"为天文学名词，在地球围绕太阳运行的椭圆形轨道上，距离太阳最远的一点便叫"远日点"。

"远洋渔业"是远在深海或两极地区的捕鱼作业。

"远"又音 yuàn，是避开，"敬鬼神而远之"。

"远"有疏而不近的意思，如"亲贤臣，远小人"，《国语·晋语》："诸侯远己。"

　　"远"又是离去，《论语》："不仁者远矣。"

　　"远庖（páo）厨"，比喻君子的心地仁慈，厌恶杀生，如《孟子·梁惠王上》："是以君子远庖厨也。"

　　"远"有 yuǎn、yuàn 两种读音。"远交近攻""远走高飞"的"远"字要念 yuǎn，"远庖厨""远小人"的"远"则要念 yuàn。

说文
解字 ｜ 远（遠），辽也。从辵，袁声。字在"辵"部。

还：音 huán，是复返、恢复、退回、归偿、旋转、如果等意思。又音 xuán，是围绕、盘旋、疾速等意思，与"旋"字通用，多见于古文中。又音 hái，是再、复、仍然、更加或者等意思。

字义源流

"还"，音 huán，就是复返，亦即往而复回之意。如唐五代词人韦庄《菩萨蛮》词："未老莫还乡，还乡须断肠。""还乡"就是重回故乡。

"还"也是恢复的意思，如"还原"是使化合物回复为原质，或是使数学演算式回复为原式，以及使某一曾经移动的物品回复原来位置。

"还"也是退回的意思，如唐代诗人张籍《节妇吟》："还君明珠双泪垂，恨不相逢未嫁时。""还"也是归偿的意思，如宋代周文璞《浪淘沙》词："还了酒家钱，便好安眠。"

"还"又是旋转的意思，如曹植《美女篇》："罗衣何飘飘，轻裾（jū）随风还。"

"还"又是如果的意思，如苏轼《虞美人》词："君还知道相思苦，怎忍抛奴去！"

"还"又可当环绕讲，与"环"字相通。

"还"又音 xuán，就是围绕的意思，如《礼记·礼运》："五行四时十二月，还相为本也。"是说时令的运行循环不息。在盘旋、旋转、疾速等意义上与"旋"字相通，如"还踵"就是转足之间，表示行动快、时间短。今多用"旋"字。

"还"又是敏捷之意，如《诗经·齐风·还》："子之还兮，遭我乎猥（náo）之间兮。"猥：齐国山名，在今山东淄博东；意思是：那位大哥的身手真敏捷啊！我进山打猎，在猥山的山凹遇见他。

"还"又音 hái，表示再、复的意思，如南唐后主李煜《清平乐》词："砌下落梅如雪乱，拂了一身还满。"也是尚且、仍然的意思，如岑参《山房春事》诗："庭树不知人去尽，春来还发旧时花。"也是更加、或者之意，如："今天比昨天还热。""是你去呢？还是他来？"

"还"字有 huán、xuán、hái 三个读音，其中 xuán 的音多见于古文中；huán 与 hái 的音则要注意分别，否则"还"字应该念 hái 或是念 huán，你 hái 是不知道。

| 说文解字 | 还（還），复也。从辵，睘声。字在"辶"部。 |

劳：音 láo，是辛苦、忧思、烦扰之意，又是姓氏。又音 lào，是慰问之意。所以古文言"劳（lào）军"不可念成"láo 军"。

字义源流

金文·篆·隶

"劳"，音 láo，本义即勤苦任事，奋力以赴的积极作为，如《诗经·小雅·蓼莪》："蓼蓼者莪，匪莪伊蒿。哀哀父母，生我劬（qú）劳。"意思是说：父母原指望我长成莪菜一般的美材，可是我却成了个像贱蒿般无用的庸材。我那可怜的父母，生育我真是劳苦啊！这是古人痛父母不得奉养的诗，读来感人至深。《论语·为政》："有事弟子服其劳。"所以"劳"的内容包含了劳心与劳力两种意思。

"劳"也是忧虑的意思，又称为"忧劳"。由于忧劳而引起心情上的郁结，称为"劳结"，如曹丕《与吴质书》："书疏往返，未足解其劳结。"是说虽书信往，也不足以解除内心思念之苦。《诗经·邶风·燕燕》："瞻望弗及，实劳我心。""实劳我心"也是表示怀念不已。

"劳"也是烦扰的意思，所以请人帮忙就说"劳驾，替我带个信去""劳神帮我照顾一下孩子"。

"劳"也是姓氏，据说最早居住在东海"劳山"的人以山为氏；也有人认为是出于劳民勤相之官，

《纺车图》 【北宋】王居正（传）

其子孙就以父祖的职称为氏。

"劳"又音 lào，是慰问、慰劳的意思，如《礼记·曲礼》："君劳之则拜。"《月令》："劳农勤民。"都是表示抚慰辛劳（lào）之意。

| 说文解字 | 劳，剧也。从力，荧省。荧，火烧冂，用力者劳。字在"力"部。 |

别：音 bié，有分解、离开、另外、分辨、不要及特等意思。

字义源流

"别"，音 bié，字在"刂"部。

"别"本字是刖，从冎，从刀，本义是分解，亦即切割使其分开的意思，引申而有各种不同的解释。较为常见的是离开，如江淹《别赋》："黯然销魂者，惟别而已矣。"李白《送友人》诗："此地一为别，孤蓬万里征。"李后主《清平乐》词："别来春半，触目愁肠断。"又《浪淘沙》词："无限江山，别时容易见时难。""别"字在诗文中是经常用到的。

"别"又是不要的意思，如《红楼梦》第三回，黛玉正为宝玉摔玉而伤心时，袭人劝她说："姑娘快别这么着，将来只怕比这更奇怪的笑话还有呢……快别多心！"

"别"又是另外的意思，如"别号"就是一个人本名以外的名字；"别墅""别业"是在住宅以外设置的游憩之处，如李白曾说："我家有别业，寄在嵩之阳。"王维也曾在陕西省蓝田县辋川附近置了一所林园，叫作"辋川别墅"。他如"别具慧眼""别开生面"等都是此意。

《金昌送别图》 【明】唐寅

　　"别字"指用错或念错字；也有人把这种情况叫作"白字"。不过，据顾炎武《日知录》记载："别字者，本当为此字而误为彼字也，今人谓之白字，乃别音之转。"可见"别字"不应称为"白字"。此外，"别"字的解释还有很多，就不详加介绍了。

说文
解字 | 㓢，分解也。从冎，从刀。字在"刂"部。

把：音 bǎ，是计算有柄的物件，一件叫"一把"；又是执、将、看守及表示大约的数量，如"百把里"。又音 bà，是器物的柄，如"刀把"。

字义源流

金文

篆

隶

"把"，音 bǎ，是计物词，有柄的物品一件称"一把"，如"一把伞""一把茶壶"。但亦有例外，如椅子没把（bà）也说"一把椅子"。

"把"又是握持的意思，如"把舵"。"把酒"是手拿着酒杯，如"把酒言欢"，苏轼《水调歌头》词："明月几时有？把酒问青天。""把臂"是互相握着手表示亲密，如《后汉书·吕布传》："临别，把臂言誓。"《世说新语》有"把臂入林"一词，是一同归隐的意思。

"把"又作约束、看守讲，如"把守""钱财都把在他手里"。凡对事情有信心的称"有把握"。也作掌握讲，如"做事情要把握住原则"。

也可指有技能的人，如"他干活是一把好手"。

"把"又是表示大约的数量，如"百把里""千把人"。

俗谓江湖卖艺，像耍猴弄刀的叫"把戏"，这本来是元朝的一句俚语，现在也指某种举动含有不尊重的意味，或者暗示这举动有诡计，如"我不知

道他耍的是什么把戏"。

"把兄弟"则是指结拜兄弟。

"把"又音bà，是器物上便于用手拿的部分或花果的柄，如"茶壶把儿""花把儿""把柄"。"把柄"一语现在更引申作交涉或要挟的凭证，或言论的根据。不过，"把柄"现在一般念为把（bǎ）柄。

"把"如作姓氏则念pá。"把（pá）"姓本为"巴（bā）"姓，据说汉灵帝时"巴匡"避董卓之难，改"巴"为"把（pá）"氏。"批把（pá）"即乐器中的"琵琶"，但这种用法并不广。

| 说文
解字 | 把，握也。从手，巴声。字在"扌"部。 |

作、做：均音 zuò，这两个字的意义本是相同的，后来才稍微有一点区别，"做"字做动词用；"作"字既可当动词用，也可当名词用。

字义源流

"作"字的本义就是起，亦即奋勉以赴之意，如《大学》中引《尚书·康诰》的话说："作新民。"句中的"作"字就是振作，亦即鼓励大家起而自新的意思。

"作"也指创作，如《论语·述而》："子曰：'述而不作。'"即是说："我只传述旧闻而不自己创作。"

"作"也是起立的意思，如《论语·子罕》："子见齐衰者，冕衣裳者与瞽者，见之，虽少必作，过之必趋。"是说孔子看到服丧的人，穿着礼服的官员及瞎子，虽然他们年轻，孔子也要站起来，走过其身边时也会加快脚步。

"作"也指人进行的各种活动，如"作战"；又指发生或表现出某种感觉与动作，如"发作""当作"。

"作"作为名词使用，则指人所从事的各种事业，又称为"工作"；亦指一切优美的诗文与艺术品，如"作品""大作""佳作"。

做 _{金文}樹 _篆胐 _隶做

汉字连连看

"做"字亦在"亻"部。

"做"比"作"字要出现得晚些，意义本是相同的，后来才稍有一点儿区别，如"做人"指为人；"作法"和"做法"，前者指作文的方法和道上施行法术，后者则指制作物品或处理事情的方法。

简单来说，"做"表示具体的动作，"作"表示抽象的动作。也就是说，"做"侧重于具体对象或产生实物的活动，动作性较强，如"做工""做衣服"等，连接的都是能在实际生活中感知到的具体事物；而"作"多用于抽象对象或不产生实物的活动，动作性较弱，如"作孽""作弊"等。另外，"做"所连接的事物多数都是中性的，如"做客""做梦"，都无所谓好坏，"作"所连接的事物多数是贬义的，如"作恶""作弊""作假"等。另外，"做"能独立地作为一个动词，在运用中体现完整的动作；而"作"往往要跟别的动词连起来使用，才能表达一个完整的动作，如"叫作""制作""作战"等。

说文
解字 | 作，起也。从人从乍。字在"亻"部。

《兰亭修禊图卷（局部）》 【清】樊圻

间：音 jiān，指两段时间相接的地方等。又音 jiàn，指空隙、挑拨使人不和等。

闲：音 xián，指无事、空虚、防御等。

痫：音 xián，"癫痫症"不可念成"癫 jiān 症"。

字义源流

（金文）

（篆）

（隶）

"间"，繁体字为"間"和"閒"。

音 jiān，指介于两桩事物或两段时间当中，所以凡居两者之中的都叫作"间"，如"中间""间距""天地之间"。房屋的最小单位或处所也叫"间"，如杜甫《茅屋为秋风所破歌》："安得广厦千万间，大庇天下寒士俱欢颜！"现在把厕所叫"洗手间"。也作量词，房屋的最小单位，如"一间卧室"。在一定的空间或时间内，如"田间""人间"。也指时候，如"日间""夜间"；一会儿、顷刻、近来，如"瞬间"。

又音 jiàn，本指门扉闭合后月光可以射入之处，故用以指空隙的意思，如"间隙""间隔"，成语"亲密无间"形容十分亲密，没有任何隔阂。也是分化、挑拨使人不和的意思，如"离间""反间"，秘密潜入敌方从事破坏分化工作的叫作"间谍"。由这个意义引申，偏僻的小道叫"间道"，"间行"则是从小路走。隔开、不能直接接触的，如"间歇""间断""间接"。参与的意思，《左传·庄公十年》："肉食者谋之，又何间焉。"

痫 痫 痫 痫

金文 篆 隶

汉字连连看

"闲"，音 xián，本指栏杆之类的遮拦物，引申为限制、规范、防范、防御、闭藏，如《论语·子张》："大德不逾闲，小德出入可也。"是说大节上不能超越界限，小节上有些出入是可以的。《易经·乾卦·文言》："闲邪存其诚。"是说防范邪恶以保持内心真诚。

"闲"又同"閒（xián）"，是安静，如张籍《题杨秘书新居》诗："爱闲不向争名地，宅在街西最静坊。"是悠闲、清闲的意思，如杨万里诗："日常睡起无情思，闲看儿童捉柳花。"也是空、空闲的意思，如李白《独酌》诗："思对一壶酒，澹（dàn）然无事闲。"

"闲"也同"娴"，熟练、熟习的意思，《战国策·燕策》："闲于兵甲，习于战攻。"娴雅的意思，《文选·曹植〈美女篇〉》："美女妖且闲，采桑歧路间。"

"痫"，音也是 xián，字在"疒"部。是一种神经系统的病症，又称为"癫痫症"。

说文
解字

间（閒），隙（同"隙"）也。从門，从月。字在"门"部。
闲，阑也。从门中有木。字在"门"部。

《湘江全景图（局部）》 【清】张若澄

应：音 yīng，是该当、必要、料想等意思；也是姓氏。
又音 yìng，是对答、承诺、供给、接受、相感及适合、
顺合等意思，如"顺天应人"。

應 金文

應 篆

应 隶

《五百罗汉图之应身观音图》 【南宋】周季常

150

字义源流

"应"，音 yīng，是该当、必要的意思，如"应当""应该""应有尽有"，杜甫《送韩十四江东觐省》诗："此别应须各努力，故乡犹恐未同归。"

"应"也是姓氏，周武王子封"应"，后以国为氏，汉代有"应曜（yào）"及"应劭"。"应"又是料想，想来如是的意思，如"应是""只应"，唐人诗句中多有运用，如杜甫《赠花卿》诗："此曲只应天上有，人间那得几回闻？"白居易《慈乌夜啼》诗："应是母慈重，使尔悲不任（rén）。"

"应"又音 yìng，是对答、承诺的意思，如"洒扫应对""应答如流""应诺""应许"；又是供给和接受的意思，如"供应""以应急需""应试""应征"。

"应付裕如"是说处理事情从容不迫；"应接不暇"指胜景盛而多，令人目不暇给，亦可比喻人事应酬繁多。

"应"也是适合、顺合的意思，如"应时"是适合时节及适合时代的需求。"应运而生"是说顺应时运，适时兴起，《文选·干宝〈晋纪总论〉》："昔高祖宣皇帝以雄才硕望，应运而仕。"又作顺应时势之需要而发生解，东汉史学家荀悦《汉纪序》："实天生德，应运建立。""顺天应人"是继承天意而应乎民众的愿望。

说文解字	应（應），当也。从心，雁声。字在"广"部。

识：shí，是见解、知道、能辨别的意思。又音 zhì，是记在心里，与"志"字相通；又是可供辨识的标记，因此凡通称器物书籍等之题字叫"识"。

识

金文

識

篆

识

隶

《十八学士图（局部）》 【明】佚名

字义源流

"识"，音 shí，是见解，如"见识""知识""常识"；"识量恢宏"形容人见识丰富，度量宏大。

"识"也是知道、能辨别的意思，如"认识""识货"；"识达古今"是说人见识渊博，通达古今。

"识丁"就是识字；"目不识丁"就是一个字也不认得，形容人不识字或没有学问。

"识趣"是能够自知自量的意思，也作"知趣""识相"。

唐朝李白给韩朝宗的信中有"生不用封万户侯，但愿一识韩荆州"的话；当时韩朝宗为荆州长史，因此后人以"识荆"作为对所仰慕者初次见面的敬称。

"识时务者为俊杰"是说能了解整个局面，通权达变的人才是杰出的人物。

"识"又音 zhì，是记在心里，与"志"相通。《论语·述而》："默而识之。"

又指可供辨识的标记，器物上所刻的字叫"款识"，指古代钟鼎所刻的文字，有三说：一、"款"是阴字凹入者，"识"是阳字凸起者；二、"款"在外，"识"在内；三、花纹为"款"，篆刻为"识"。以后通称器物书籍等之题字为"识"。

"识"可以读 shì、zhì 二音，如书的序言后面有"某某识"的字样，此"识"不能念 shì，要念 zhì 才对，所以读时应予注意。

说文 | 识（識），常也。一曰知也。
解字 | 从言，戠声。字在"讠"部。

果：音 guǒ，是植物所结的实。

字义源流

甲骨

篆

隶

"果"是个象形字，甲骨文的"果"，上面是果实的样子，下面的"木"表示树木的枝丫和主干，所以它的本义是木实。古代称木本的果实为"果"，称草本的果实为"蓏（luǒ）"。现在植物学上不管草本、木本结的实都叫"果"，如"水果""干果"。

"果子酱"是用果品加糖做成的酱；"果子露"是用果汁加糖做成的饮料，"果汁机"是切碎水果磨出水汁的机器。这些都是从"水果"一词引申而来的。

"果"是事情的结局或成效，如"成果""结果"及"杀敌致果"；"果"也是决断的意思，如"果敢""果断"；又是诚然、真正的、实在的意思，如"果然这样"；也是假如的意思，如"如果""若果"。

"果"又当能够讲，如《孟子·梁惠王下》："君是以不果来也。"

"果"还是坚决的意思，如《论语·子路》："言必信，行必果。"这是孔子回答子贡的话，意思是说：说话必定信实，做事必定果敢坚决。

《果熟来禽图》　【南宋】林椿

　　"果"又是终究的意思，如《吕氏春秋·忠廉》："果伏剑而死。"

　　又是饱的样子，如"果腹"。

　　"果报不爽"则是说善有善报，恶有恶报，非常灵验的意思。

　　"果"字虽然很普通，但有三点应予注意：一、"果"字在"木"部，所以写的时候"木"字的一竖不带钩；二、"果"字本身便带木，用不着另加草头；三、"果腹"是吃饱之意，不可写成"裹腹"。

说文
解字　果，木实也。从木，象果形在木之上。字在"木"部。

其：音 qí，是代名词，指示形容词、副词、虚字及姓氏；还作岂、可等讲。作姓氏多写成"亓（qí）"。又音 jī，古同"丌"。

字义源流

"其"，音 qí，字在"八"部。

"其"字是代名词，就是他或他们，如"听其自然""出其不意"；也是他的或他们的，如"莫名其妙""知其一，不知其二"。作代名词运用时，只能用在句中，不能用在句的开头或末尾，如"名副其实"就是把"其"字放在句子中间。

"其"又是指示形容词，是这、那的意思，如"其中必有道理""正当其时"，《史记·报任安书》："藏之名山，传之其人。"

"其"也是副词，作或者讲，如"浓云密布，其将雨乎"；作将要讲，如"五世其昌"，《诗经·豳风·七月》："其始播百谷。"

"其"也作岂讲，也就是难道的意思，《左传·僖公五年》："一之为甚，其可再乎？""君其忘乎？"

"其"又是可、应该，有劝使的意思，如"汝其速去""子其勉之"。

"其"更是夹在一句话中间的虚字，如《诗

经·邶风·北风》："北风其凉，雨雪其雱（fēn）。""其"字在句中无意义。

"其"又是姓氏，汉有阳阿侯"其石"，但作为姓氏的"其"字，古文却把它写成"亓（qí）"。现在山东省莱芜市及关外东北地区，姓"亓"的人所在多有。

《耕织图》 【清】陈枚

"其"字又多写成"丌（qí）"，也是姓氏，唐有"丌实"；又是复姓，如"丌官"。《孔子家语·本姓解》："孔子年十九，娶于宋之丌官氏。"丌，又音 jī，表示垫物的底座，上面可以安放物体。

姓氏的"亓（qí）"和"丌（jī）"，两个字只一笔之差，写念时应注意。

"其"念 jī，用于人名，如汉代"郦食其（yì jī）"。

林：音 lín，除指林木、丛聚外，其余多作地名及姓氏。

字义源流

金文

篆

隶

"林"指丛生的树木，如"树林""森林"；人物的丛聚也叫林，如"士林""艺林"；"丛林"除指丛集在一起的森林外，还可指收容僧人的大寺院，也称"禅林"；"林立"及"林林"形容众多。

凡有树林的地方，大多地处郊区野外，如"林莽""林壑""林泉"或"林下"，故退隐归居田园，叫作"退隐林下"。

造林垦荒叫"林垦"；所产木材叫作"林产物"。

水果"林檎"一称"花红"，北方叫作"沙果"。

有关"林"字的地名也很多，如河南省有"林州市"，黑龙江省有"林甸县"，非洲东南有长一千多公里的"林波波河（Limpopo River）"；台湾地区则有"林内""林边"及"林园"等乡，后者为一新兴工业区。

"林"也是姓氏，《路史》谓殷比干子避难"长林"之山，因以"林"为氏；《姓纂》谓周平王次子"林开"之后；更有谓"林放"之后。知名人物有禁烟专家清湖广总督"林则徐"、革命先烈"林觉民"、翻译名家"林纾"及幽默大师"林语堂"；外国译名有"林肯""林白"等。

"林下之风"是称颂女子举止娴雅之词，也称"林下风致"，典出《世说新语·贤媛》。

"林林总总"是繁盛众多之意，柳宗元《贞符》："惟人之初，总总而生，林林而群。"

"林"字在"木"部，书写时不带钩。很多人连自己的姓氏都写错了；"林""朱""柴""桑""梁"及"杜"等字中的"木"加钩都是不对的。

> 说文解字 | 林，平土有丛木曰林。从二木。凡林之属皆从林。字在"木"部。

《疏林远岫图》 【明】董其昌

些：音 xiē，本义是少，也表示在比较中略微的差别或相当多的数目。音 suò，是句末助词。

字义源流

"些"，音 xiē，是由"此"和"二"合成。"此"表示有所指，"二"是最小的偶数，不是"一"那么少，但也不多。所以"些"的本义是少，较"一"还多的不定数，就是少许、若干，如"些许""些微""讲了些话""长些见识"。"些些"也是少许，《旧唐书·杨嗣复传》："未免些些不公。"

"些子"是一点点，《朱子全书》："今日理会些子，明日理会些子，久自贯通。""些子"又作"些少"，如《董西厢》："些少金风退残暑。"

"些儿"就是一些时候，如《董西厢》："些儿来迟。""些儿个"则是少许，如李煜《一斛珠》词："晚妆初过，沉檀轻注些儿个。"

"些"也表示在比较之中略微的差别，如"走快些""他做的多些"。

"些"又可作为比较起来相当多的数目，如"这些""好些人""这么些年"。

"些"又音 suò，是古书用在句子末尾的助词，好像"兮"的口气，在《楚辞》里用得比较多，如

《出警图（局部）》 【明】佚名

"归来归来，恐危身些。"

　　"些"虽然是常见的字，但笔误的人很多。楷写时不可将"止"的第三、四两笔合成竖挑一笔。

说文
解字 ｜ 些，语辞也。见《楚辞》。从此从二。其义未详。字在"二"部。

的：音 dí、dì 及音 de。如"的（dí）确""目的（dì）""我的（de）"。

字义源流

"的"，音 dí，字在"白"部。

"的"是实在的意思，如"的确""的真""的当（dàng）"，秦观《秋兴九首其九拟白乐天》诗："不因霜叶辞林去，的当山翁未觉秋。"

"的"又是明显的意思，《礼记·中庸》："故君子之道，暗然而日章（同彰），小人之道，的然而日亡。"意思是：所以君子的道，深藏不露而日益彰明；小人的道，显露无遗而日益消亡。

"的"又音 dì，是箭靶的中心，如"鹄（gǔ）的""众矢之的"，《诗经·小雅·宾之初筵》："发彼有的。"后人引申，凡心里想达到的境地便叫"的"，如"准的""标的"。

"的"还念 de，在文法上变化多端，说明如下。

是形容词的语尾，如"新的东西""聪明的人""美丽的蝴蝶""红的花"。

是表示所属的介词，如"我的新车""妹妹的手表""我们的学校"。

是表示决定的语气助词，如"健康总是要顾到的""你这样做是不可以的"。

是代名词，如"开车的"就是开车的人，"打球的"就是打球的人。

"的"字读音有 dí、dì、de 之分，念的时候要多加注意。

说文
解字 | 的（旳），明也。从日，勺声。《易》曰："为旳颡。"

《乾隆射箭图》 【清】王致诚

采：音 cǎi，与"彩""採"通，如"五采""喝采""重采""采薇"。又是姓氏。又音 cài，是古时大夫所领的食邑。

采：音 biàn，是"辨"的古字，作辨别、判别、明察讲。

字义源流

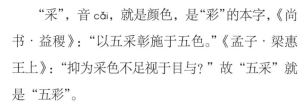

"采"，音 cǎi，就是颜色，是"彩"的本字，《尚书·益稷》："以五采彰施于五色。"《孟子·梁惠王上》："抑为采色不足视于目与？"故"五采"就是"五彩"。

"采"又是赞成叫好之声，同"彩"，如《水浒传》第六回："这位教师喝采，必然是好。"《儿女英雄传》第十五回："那四面看的人，就海潮一般，喝了个连环大采。"

"采"亦指有颜色的丝织品，也与"彩"字通，如《史记·越王句践世家》："食不加肉，衣不重采。"

"采"又指摘取、选取、搜集、开发等，如司马迁《史记·伯夷列传》之《采薇歌》："登彼西山兮，采其薇矣。"

"采采"是盛多和华丽的样子，如《诗经·秦风·蒹葭》："蒹（jiān）葭（jiā）采采，白露未已。"《曹风·蜉蝣》："蜉蝣之翼，采采衣服。"

"采"也是姓氏，黄帝之子夷鼓始封于"采"，子孙以"采"为氏，如汉朝有度辽将军"采皓"。

"采"又念cài，古时大夫所领的食邑叫"采"，如《公羊传·襄公十五年》何休注："所谓采者，不得有其土地人民，采取其租税尔。"《汉书·地理志》："大夫韩武子，食采于韩原。"除了古籍外，现代已几乎用不到这个音。

汉字连连看

"釆"，音biàn，和"采"字极为相似。"釆"是"辨"的古字，作辨别、判别、明察讲。"釆"字的用法不多，一般只是作部首用。

"采"字共八笔，"釆"字共七笔，区别在中间那一笔上。书写的时候，"菜""彩""睬"等字均要从"采"字；释、釉等字均要从"釆"字。

说文解字 采，捋取也。从木，从爪。字在"爫"部。
釆，辨别也。象兽指爪分别也。凡釆之属皆从釆。读若辨。字在"釆"部。

《汉宫春晓图（局部）》 【明】仇英

空：音 kōng，指天上或天跟地的中间，如"天空""空中"。

又音 kòng，指闲暇或留下待用，如"空闲""空白"。

空 _{金文}

空 _篆

空 _隶

《月曼清游图》 【清】陈枚

170

字义源流

"空"，音 kōng，是指天上，如"天空""晴空万里"。

"空"也指天跟地的中间，如"空中""空际""空中教学"。

凡是活动在空际的都可以加上"空"字，如"航空"就是飞机航行在空中；"空运"是空中运输；"空投"是飞机从空中向地面投下人员或物资；"空降部队"就是伞兵群；"空防"是防止敌机、飞弹侵袭的一切空中防御措施。

"空军"是防备敌人从空中侵袭，保卫国家领空的部队，包括飞行员、地勤人员、机械修护人员及高炮部队等。

"空"又是虚或没有东西，如"空虚""空无所有"，韦应物《秋夜寄邱员外》诗："空山松子落，幽人应未眠。"是说：寂静的山中传来松子落地的声音，你应该也还未入睡吧。

"空"又音 kòng，是闲暇，如"空闲""今天没空儿"。也是留下待用，如"空白""空出一块地"。

"空"字的上偏旁是"穴"字，金文像洞穴的形状"穴"，小篆"穴"像宝盖头"宀"和"八"合成的字形。

| 说文解字 | 空，窍也。从穴，工声。字在"穴"部。 |

单：最少有 dān、shàn、chán 三个读音。"单（shàn）父（fù）""单（chán）于"不可念成"单（dān）父""单（dān）于"。

字义源流

"单"，音 dān，是记载事物用的纸片，如"菜单""账单""提货单""节目单"；又是薄的意思，如"家贫衣单"。

"单"是奇（jī）数，如"单日"；也指单一的，如"单枪匹马""单轨火车""单翼飞机"。

"单"字的用法很多，不能一一遍举，但有几个用法是较为特别的，如"单方"是流传民间的治病偏方，又指没有相对的一方，是对双方而言的；"单位"是数学名词，为计算物体数量的标准，也是工作上的一个部门；禅堂里僧人坐禅的座位上贴着各僧人的名单，这个座位也叫"单位"；"单传"指只受一个师父传授的方法，不掺杂别的派系；传统的观念中，家庭里只有一个男孩子的也叫"单传"；"单调"是音乐名词，指音调连续不变，填词时全阕仅有一段的也叫"单调"，由前后两段相叠而成的则叫"双调"，对简单、呆板、缺乏趣味性的事物也叫"单调"。

"单"作姓氏既可念 dān，又可念 shàn。前者是"可单氏"后，改姓"单"；后者是周卿士"单襄公"之后。"单父（fù）"是复姓，《史记·高祖功臣侯者年表》中有"单父圣"。

"单父"又是地名，孔子学生宓子贱曾做过"单父宰"，秦设"单父县"，故城在山东省"单（shàn）县"南方。

"单"又音 chán，"单于"是汉时匈奴对其君长的称呼。

"单"字最少有 dān、shàn、chán 三个读音。"单（shàn）父""单（chán）于"不可念成"单（dān）父""单（dān）于"。

《临流独坐图》 【北宋】范宽

说文解字 | 单（単），大也。从吅、甲，吅亦声。阙。字在"十"部。

法：音 fǎ，指体现统治阶级的意志，国家制定和颁布的公民必须遵守的行为规则。

字义源流

金文

篆

隶

"法"指制度，如"宪法"；有一定规则可以遵行的，如"民法""法律"；有一定的技巧值得他人模仿的，如"书法""文法"。

"法"又指程序，如"方法""用法""做法"。

"法"是处理民刑案件的司法机关；法院审案的场所叫作"法庭"。

佛教称一切事理叫作"法"，如"佛法""现身说法"，因此尊称佛家为"法师"；尊称人家的书画作品则为"法书""绘法"。

"法场"除指处决囚犯的场所外，还指宣讲佛法的处所。

"法螺"是用螺壳做成，可以发声的器具，从前用来作军号及道士作法；"吹法螺"则是笑人说大话。

"法"也是姓氏，齐襄王"田法章"之子孙以"法"为姓氏。

"法"还指外国译名，如"法国""法郎"。

"没法儿"就是没办法，如"请你给我想个法

《清代刑罚记录图册（　）》　【清】佚名

儿"；指方法，如"法子"，原是三声，但在"子"前则要改念二声。

　　"法码"是天平上用的重量标准码子，亦作"砝码"。

说文　法（灋），刑也。平之如水，从水；廌，所以触不直者；去之，从去。字在"氵"部。
解字

175

学：音 xué，凡由研究得来的知识和技能叫"学"；也指道与术及求学问的所在。又音 xiào，就是教的意思。

字义源流

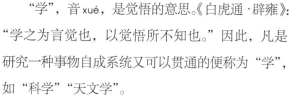

"学"，音 xué，是觉悟的意思。《白虎通·辟雍》："学之为言觉也，以觉悟所不知也。"因此，凡是研究一种事物自成系统又可以贯通的便称为"学"，如"科学""天文学"。

"学"也指道与术，也就是道理与方法，《论语·述而》："学之不讲。"《宋史·邵雍传》："内圣外王之学。"这里的"学"指"道"。《汉书》："不学无术。""学"则是指方法。

"学"是求学问的所在，古人称为"庠（xiáng）序"，如历代取士的"国学""府学""县学"，以及现在的"小学""中学""大学"。

"学如穿井"，比喻求学时一定要有坚忍不拔的精神才能获得功效；《论语》亦有"学如不及，犹恐失之"的说法。学习的方法古人亦有明训，如"学不躐（liè）等"是按次第顺序渐进，不要逾越；"学而时习"是已经求得的学问要不断地实践练习；进而警惕要时时学而不厌，如"学然后知不足"；"学如登山"，像登山一样，逐步求进，不可懈怠；"为

《四学士图册》 【北宋】李公麟（传）

学如逆水行舟，不进则退"，等等。

　　"学"又是模仿、仿效的意思，如"学说话"。《尚书·说命下》："学于古训乃有获。"《庄子·天下》："学者，学其所不能学也。"

　　"学"又音 xiào，教授的意思，《国语·晋语》："顺德以学子。"韦昭注："学，教也。"

　　"学"又音 huá，"学鸠"为鸟名，《庄子·逍遥游》："蜩（tiáo）与学鸠笑之。"

说文 | 学（斆），觉悟也。从教，从冖（mì）。冖，尚蒙也。臼声。字在"子"部。
解字 |

要：音 yào、yāo 两个读音，查字典要查"覀"部，又可与"腰"字通用。

要：音 shuǎ，是游戏或戏弄的意思，如"玩耍""耍弄"。查字典要查"而"部。

字义源流

金文

篆

隶

"要"，音 yào。

"要"字的解释很多。作名词用时，古时指计数之簿书，《周礼·夏官》："受其要。"即指受其簿书。

枢纽也叫作"要"，《淮南子·主术训》："此治之要也。"《孝经》："先王有至德要道。"又作要害讲，《汉书·西南夷传》注："要害者，在我为要，在敌为害。"故而关系全局安危的"重要事件"，国家的"重要关塞"，身体的"重要部位"，均可称为"要害"。

作动词用时，是欲的意思，《宋史·岳飞传》："文官不要钱，武官不怕死，则天下太平矣。"又是想、打算的意思，如："你要怎么样？"又是索讨的意思，如"他向我要钱"；又是求的意思，如"他要我替他带封信"；又是应该的意思，如"你要知道，赚钱不容易"；又作将要讲，如"天要下雨了"；也当假若、如果讲，如"要不快做，天快黑了"；也可作必须或需要用，如"恩怨要分明""我正要钱用"。

"要之"就是总而言之。"要"字还可以当形容词和副词用。

"要"又音 yāo。《论语·宪问》："久要不忘平生之言。""久要"就是旧约。又当求讲，如《孟子·告子上》："修其天爵，以要人爵。"又作威胁、强迫讲，如"要挟""要盟"；又是拦阻截留的意思，如"要击"，《孟子·万章上》："将要而杀之。"又与"腰"字通用，如《墨子·兼爱》："昔者，楚灵王好士细要。"江淹《尚书符》："镌山裂地，纽紫要金。"

汉字连连看

"耍"，音 shuǎ，是游戏、戏弄的意思，如"玩耍""耍弄"。

"要"有 yào 及 yāo 两个读音，查字典要查"西"部；"耍"字则在"而"部，写的时候也要留意。

说文
解字 | 要，身中也。象人要自臼之形。从臼，交省声。字在"西"部。

树：音 shù，是木类或木本植物的总称；也是种植、建立、培植及数量等讲。

字义源流

"树"是木类或木本植物的总称，如"树木""树林"。

"树"作动词用可当种植讲，如"树艺"。《诗经·鄘风·定之方中》："树之榛（zhēn）栗，椅桐梓（zǐ）漆。"

"树"又是建立，大多指抽象的意义，非指实物，如"建树""树立"。

"树阴"指树下日光照不到的地方，也作"树荫"。

"树"又作数量讲，树木一株叫作一树。《旧唐书·志·舆服》："皇后服有袆衣……首饰花枝十二树。"

"树脂"是植物细胞的分泌物，由破损的树皮处漏出，如漆、松香。

《韩诗外传》："树欲静而风不止，子欲养（yàng）而亲不待。"意思是树想要静止不摆，风却不停息；子女想要赡养父母，父母却已离去。比喻时间的流逝不随个人意愿而停止，多用于感叹人子希望对双亲尽孝时，父母却已经亡故。后人便以

"风树之悲"来借喻丧亲之痛。

"树大招风"则比喻声誉大的人容易遭到他人的讥谤。

"树人"指长期培植人才。《管子·权修》："一年之计，莫如树谷；十年之计，莫如树木；终身之计，莫如树人。一树一获者，谷也；一树十获者，木也；一树百获者，人也。"现在多说成"十年树木，百年树人"。

"树立"是指建立，和"竖立"意思相近，但还是有区别，前者多指抽象事物，后者指实物，如"树碑立传"，指的是把某人生平事迹刻在石碑上或写成传记，加以颂扬。而"竖碑"就是把墓碑立在坟头前。

作为独立自成一家解释的"别树一帜"不能写成"别竖一帜"。

| 说文解字 | 树（樹），生植之总名。从木，尌声。字在"木"部。 |

《溪山红树图》 【清】王翚

面：音 miàn，指头的前部或脸，也指麦子或别种粮食磨成的粉末和用面粉制成的细条。

字义源流

金文

篆

隶

"面"是头的前部，又指脸，如"面部"，"面庞"指脸盘儿。"面目"指人的本来面貌或者精神面貌，如"面目狰狞""政治面貌"；还指"脸面"和"面子"，如"我有何面目去见他人"。"面盆"指洗脸用的盆。

又是向着、朝着的意思，如"背山面水""面南坐北"。也指物体的表面，如"水面""路面"。还是量词，如"一面旗子"。

"面"是麦子或别种粮食磨成的粉末。晋代束皙《饼赋》："重罗之面，尘飞雪白。"清代樊增祥《舟中杂诗》："百钱得斗面。"所以俗语把"面"叫作"面粉"。

"面"也是用面粉制成的细条，今多作为"面食"的通称，如"炒面""汤面""窝子面""方便面"。

"面包"是用面粉和（huò）水发酵后加热烘熟的食物，质地松软，易于消化，欧美多以面包为主食。

"面茶"也是食品，用沸水冲面粉加糖或配料而成，应趁热吃。

《仕女簪花图》（局部） 【清】 金廷标

小麦粉和水洗去淀粉，剩下的蛋白质凝结成团的就是"面筋"。

"面儿"指面的粉末，如"研成细面儿""药面儿"。

"面包树"是桑科植物，产于热带地方的常绿乔木，高三丈多，果实大，是当地人的主要食物，木材可供建筑用，树皮纤维可作被服原料，树液可供制树脂。

"面"作为面粉等意思来说，本字是"麪"，由"麦"和"丏（miǎn）"合成，但因"丏"和"丐"字形相似，容易写错，后采用"麵"代替，不过现均已简化为"面"。

说文解字 ｜ 面，颜前也。从百，象人面形。凡面之属皆从面。字在"面"部。
麪，麦末也。从麦，丏声。字在"麦"部。

轻：音 qīng，是分量不重，如"轻于鸿毛"。

青：音 qīng，指深蓝色或绿色。有人把"年轻貌美""年纪轻轻"或"年轻人"，写成了"年青貌美""年纪青青"或"年青人"，是不对的。

字义源流

　　"轻"是"重"的反义词，《孟子·梁惠王上》："权然后知轻重。"分量小叫"轻"，如"身轻如燕""轻于鸿毛"。

　　又是看不起的意思，如曹丕《典论·论文》："自古文人相轻。"

　　又是浅薄的意思，诸葛亮《与参军掾（yuàn）属教》："才轻任重，故多缺漏。"

　　声音低也叫"轻"，如温庭筠诗："声轻入夜繁。"

　　随便、少考虑也叫作"轻"，如"轻诺寡信""轻举妄动"。

　　没有负担或压迫的感觉也叫作"轻"，如"轻松""无债一身轻"。

　　凡程度浅，数量少都可称之为"轻"，如"嫩寒轻暖小阳春""阵阵轻寒上小楼"。女人体态小巧娇媚叫"轻盈"，一个人岁数不大叫"年轻"。

　　"轻"又指轻佻无行的样子，如《左传·僖公三十三年》："秦师轻而无礼，必败，轻则寡谋。"

青 金文 青 篆 青 隶

汉字连连看

　　"青"，是绿色，如"青草"，因绿色具青春气息，朝气蓬勃，所以青年时代称"青春"。又指深蓝色，如"青出于蓝而胜于蓝"。因东方代表木，具生气，故"青"又是东方的代称，如"青龙"。

　　"青"还指古地名，"青州"是古代九州之一，今有山东省青州市。

　　许多人把"年轻貌美""年纪轻轻""年轻人"写成"年青貌美""年纪青青""年青人"，这都是没有根据的。可能是受了"青春""青年"这些语词所影响。

说文　轻，轻车也。从车，巠声。字在"车"部。
解字　青，东方色也。木生火，从生、丹。丹青之信言象然。凡青之属皆从青。

《青绿山水图卷（局部）》 【清】 王鉴

思：音 sī 或 sāi。分别是"思（sī）亲""于思（sāi）"，后者不可读 sī。

字义源流

"思"是脑的主要作用，《孟子·告子上》："心之官则思。"一个人考虑问题，分辨是非，追忆往事，想象将来以及推考事理等，都在"思"的范畴之中。

"思"是会意形声字，原从"囟"从"心"。"囟"的篆体是""，就是头脑盖的样子。所以"思"字的结构就是脑与心相贯不绝的意思。现在科学证明思想出于头脑，与古代的说法相吻合。

"思"就是想，动脑筋的意思，如"思量""思前想后"；也是惦念的意思，如"思亲""相思""低头思故乡"；又是哀伤的意思，如"秋思""旅思"。

"思"字也是文言文中的助词，用在语首、语中、语尾，都不含任何意义，如《诗经·小雅·采薇》："昔我往矣，杨柳依依。今我来思，雨雪霏霏。"其中的"思"字就没有什么特别的含义和解释。

"思"也是姓氏，如明代有"思志道"；唐代的突厥、明代的土司都有"思"姓。

"思"旧音 sì，今皆音 sī，是指思想上的意境及心态，如"文思"就是写文章的意境；"诗思"

则指赋诗的动机及一切属于诗的情思，如《全唐诗话》记载："相国郑綮（qǐ）善诗。或曰：'相国近有新诗否？'对曰：'诗思在灞桥风雪中驴子背上，此何所得之？'"

"思"又音 sāi，"于思"是胡须多的样子，如说人胡子多就称"满面于思"。

说文解字 | 思，容也。从心，囟声。凡思之属皆从思。字在"心"部。

《美人春思图》 【明】唐寅（传）

南：音 nán，是方位名、乐名及地名；又作君王的代称。又音 nā，"南（nā）无（mó）"是梵语 namas 的音译，即合掌稽首，有皈依敬礼之意，不可念成"nán wú"。

字义源流

甲骨

篆

隶

"南"，音 nán，是方位名，如"南方""南国""南部""南极""南半球""南北朝"，杜牧《江南春》诗："南朝四百八十寺，多少楼台烟雨中。"

"南"又是在南方的地名，佼佼者便是"南京"，是我国六大古都之一，从孙吴、东晋、宋、齐、梁、陈、南唐、明代到民国都建都于此，南京之所以能成为首都，实得于山川形势之胜，诸葛亮曾说："金陵钟阜龙蟠，石头虎踞，帝王之宅。"孙中山先生也说："南京有高山、有平原、有深水。此三种天工钟毓一处，在世界中之大都市，诚难觅如此佳境也。"南京名胜有中山陵、明孝陵、玄武湖等，风光清丽无比。

江西省省会"南昌"，地处鄱阳湖西南，赣江东岸，名胜有百花洲等。一度作为我国南方大都市的广东佛山南海区，是我国四大镇之一，手工业曾冠于全国。

"终南山"亦称"南山"，即秦岭，主脉在陕西省，贺寿辞"寿比南山"就是说寿命跟南山一样长久。

"南"又是乐名，《诗经·小雅·鼓钟》："以雅以南。""雅"是中原之乐，"南"是南方之乐。

"南"又是姓氏，《史记》说是禹之后。

"南"还可作君王的代称，如"南面之尊"是指君王以其南面临民。

"南柯一梦"比喻人生贵贱无常；"南辕北辙"则是行动和目的正好相反。

南又音 nā，"南（nā）无（mó）"是梵语，意思是合掌稽首，有皈依敬礼之意。佛教徒口念"南（nā）无（mó）阿弥陀佛"乃祈佛降福保佑，不可念成"南（nán）无（wú）阿弥陀佛"。

说文解字｜南，草木至南方，有枝任也。从宋（pō），羊（rěn）声。字在"十"部。

《岸南双树图》 【元】倪瓒

保：音 bǎo，是养、担当、守护、庇佑、推举、安居及佣工等意思，"保姆"不作"褓母"。

字义源流

"保"是养的意思，《孟子·滕文公上》："若保赤子。"

"保"是担当责任，如"保证"，《周礼·地官》："使之相保。"

"保"是守护，《左传》："乃先保南里。"也作庇佑讲，如"保佑"。

"保"是指推举、维护，如"保荐""保养"。

"保"还当占有、拥有讲，《诗经·唐风·山有枢》："子有钟鼓，弗鼓弗考。宛其死矣，他人是保。"意思是：你家有钟又有鼓，不敲不打等于没有。如果一朝不幸死去，就被他人占有。

"保"还是从前酒馆里的佣工，如"酒保"。

替人看管照顾孩子的女子叫"保姆"，又指托儿所的老师。"保"有守护教养之义。

"保"也是旧时民政组织名称，如"保甲""保正""保长"。

"保"也是据守要害的地方，《三国志·魏志·郑浑传》："保险自守。""保险"一语更指为了防止

意外灾害，预付保费，如遇到不测灾难，可向保险公司索取赔偿费，如"人寿保险""意外保险"等。

"保残守缺"就是保守缺失，语出《汉书·刘歆传》，也作"抱残守缺"。

北京故宫有"保和殿"，是清代赐额附之父、有官职家属宴以及每科殿试之处。

"保姆"不能写成"褓母"，因为"褓"字是包裹婴儿的被服。

"保"字小篆字形右边的"𠈃"字像小儿用被服包裹的形状，"凵"形代表小孩的头部，横笔指双手，竖笔包括身躯和脚，两边的短撇和点是小孩衣服。

说文
解字 ┃ 保，养也。从人，从呆省。呆，古文孚。字在"亻"部。

信：音 xìn，是真实、书札、消息、凭证、两回及不疑惑
等义。又音 shēn，如"威信敌国"就是把威望扩展到敌
国去。

字义源流

金文

篆

隶

"信"，音 xìn，就是真实，如"信实""守信"；
书札如"通信""信件"；消息，如"信息"；凭
证，如"印信""信物"；不疑惑，如"相信"；两
回，如宿两夜就叫"信宿"；放任随意，如"信手
拈来""短笛无腔信口吹"。

"信风"就是贸易风，指在低空从副热带高压
带吹向赤道低压带的风。

"信差"指邮差，又指各机关雇用专任递送信
件的人；"信鸟"即信鸥，一种随潮水涨落而来去
的海鸥；"信笔"是随意书写；"信口雌黄"是指不
顾事实，随意批评，随口乱说；"信口开河"是不
假思索，随口乱说一气，指说话无根据、不可靠；
"信天翁"是游禽类，嘴长，飞力甚强，不畏风暴；
"信炮"是按时所放之炮，往日衙署每日天明所放
之炮叫"报晓炮"；"信鸽"是利用家鸽的归巢能力，
改良成为传送信件专用的鸽子；"信用卡""信号灯"
等，也是常用的词。

"信"又是地名，如广东省的"信宜"、河南省

的"信阳"、江西省的"信丰"都是地名；水名则有"信江"，源出江西省玉怀山；"信浓川"则是日本第一长河流，有舟楫灌溉之便。

人名有战国时的"信陵君"、隋僧"信行"、元画家"信世昌"。

成语有表诚恳的"信誓旦旦"；赏罚严明的"信守必罚"；坚守不变的"信守不渝"；威信德泽，被及四方的"信及豚鱼"，等等。

"信"又音 shēn，通"伸"，《易经·系辞下》："屈信相感。"又作开展扩大讲，如"威信敌国"，句中的"信"作动词用，是说把威望、威武开展扩大到敌国去，故不宜念 xìn，更不宜作名词的"诚信"讲。

《信件》 【民国】弘一法师

| 说文解字 | 信，诚也。从人从言。会意。字在"亻"部。 |

种：音 zhǒng，指"种子""传种""种类"等。又音 zhòng，指"种田""种水痘"及积、聚、散布之意。

字义源流

金文

篆

隶

"种"，音 zhǒng，字的本义是先种（zhòng）后熟，指谷种。凡植物雌蕊受精以后，子房里的胚珠成熟就是"种子"，"种子"可以在地上发芽生长，成为植物，生根则伸入地下。《诗经·大雅·生民》："诞降嘉种，维秬维秠。"秬、秠，都是古代的黍；上天赐给人们优良的粮种，既有秬也有秠。

凡作为繁殖用的牛、猪分别叫作"种牛""种猪"。生物的延续叫"传种"，反之就是"绝种"。

事物的类别和各种样式称"种类"或"种种"。

《物种起源》是书名，英国生物学家达尔文著，以物竞天择之理阐明物种嬗（shàn）变的由来，为"进化论"宝典。

"种"又音 zhòng，是把"种（zhǒng）子"或秧苗的根埋在土里，如"种花""种田""种树"。刘禹锡《再游玄都观》诗："种桃道士归何处？前度刘郎今又来。"

把疫苗注入人体，用来抗免病疫也叫"种"，如"种牛痘""接种卡介苗"。

《种秋花图（局部）》 【清】余省

　　"种瓜得瓜，种李得李"是佛教《涅槃经》里的话，是说种的是瓜收获的当然是瓜，种的是李收获的就是李，比喻造什么因就得什么果。这和我们常听说的"种瓜得瓜，种豆得豆"一个意思。俗语"前人种树，后人乘凉"，是余荫的意思。

　　"种"又是积聚和散布的意思，如"种德"是修积德行，"种惠"是施人以恩惠。

　　"种"有读 zhǒng、zhòng 之分，如每年阳历六月六日或七日，是农家播种有芒谷物的时候，这时的节气叫"芒种（zhòng）"，不能念成"芒种（zhǒng）"。

说文 | 种（種），先种后孰也。从禾，重声。字在"禾"部。
解字 | 种（種），孰也。从禾，童声。

很：音 hěn，作极、甚讲。又作凶恶、残忍讲，与"狠"同。

狠：音 hěn，是凶恶、残暴等意思。又音 yán，指犬争斗声。

字义源流

"很"，音 hěn，最初的意思是违逆，不听从。如《庄子·渔父》："见过不更，闻谏愈甚，谓之很。"

"很"又是副词，是极或甚，表示一事的程度加深，如"很好""好得很""很有学问"。

"很"指人的纷争、争讼，《礼记·曲礼》："很毋求胜。"

又指违背、不听从，《国语·吴语》："今王将很天而伐齐。"

"很"还指险恶、凶暴，如《左传·襄公二十六年》："大子痤美而很。"杜预注："貌美而心很戾。"这一意义现在很少用了，已经由"狠"代替。

狠 狠 狠 狠

汉字连连看

　　"狠"，音 hěn，是痛下决心，忍住痛苦，勉强自己去做本来不愿做的事；又是凶恶、残忍，如"心狠手辣""狠毒"。"狠戾"就是凶恶暴戾；"狠命"就是用全力，又是凶猛地重重地，如"狠狠地揍他"；"狠心"是卜定决心不顾一切或心肠残忍。

　　"狠"又念 yán，作犬争斗声讲，用途很窄，不常见。

　　"很""狠"二字音同形似，要区分，但前者多用作表示程度加深讲，如"很美""很用功""好得很"；后者则用于残忍、凶猛地、重重地，如"狠心""狠毒""狠狠地教训他一番"。

说文解字 | 很，不听从也。一曰行难也。一曰盭（lì）也。从彳，艮声。字在"彳"部。
狠，犬斗声。从犬，艮声。字在"犭"部。

《骶骶狩猎图卷（局部）》　【南宋】 陈居中

看：音 kàn，是过目、访问、待遇、照顾等意思及语助词。又音 kān，是守护的意思。

字义源流

"看"，音 kàn，是瞧、过目、用眼睛观察，如"看书""看电视""看相"。

"看"是拜访、探问、慰问的意思，如"看朋友""看病人"。

是对人物、事情的认识与了解，如"看不起""看不过眼""我看他不行"。

"看"还是照应的意思，如"看顾"；是诊治的意思，如"看病"。

"看"是考察考验的意思，如"留校察看"。

"看"又可当语气助词，如"试试看""做做看""想想看"。

"看人眉睫"是仰承他人的脸色，"看人说话"是看什么人就说什么话，也是说话必须和对方相称的意思，"看风使帆"是随机应变；"看破红尘"是看穿世情，愿意出家修行；"看朱成碧"是形容人心乱目眩，不辨五色，王僧孺《夜愁示诸宾》诗："谁知心眼乱，看朱忽成碧。"

"看"又音 kān，是守护的意思，如"看家""看门""看管"，照顾生活则叫"看护"。

念 kān 时的"看看"，意思同"堪堪"，是差不多、将要的意思，如刘禹锡《酬杨侍郎凭见寄》诗："看看瓜时欲到，故侯也好归来。"又是逐渐的意思，如柳永《留客住》词："惆怅旧欢何处？后约难凭，看看春又老。"

念 kàn 时的"看看"，第二字轻读，就是过目，有重言之意，是"看一看"的简词，如"仔细看看""看看似相识"。

《汉宫秋月图》 【清】袁耀（款）

重：有 zhòng 和 chóng 两个读音。前者是人体或物体的分量，及要紧、难的意思，如"安土重（zhòng）迁"；后者是叠的意思，如"突破重（chóng）围"。

字义源流

"重"，音 zhòng，就是人体或物体的分量，如"体重""重量"。

"重"就是不薄，亦即厚的意思，也是轻的相反，如《孟子·梁惠王上》："权然后知轻重。"

"重"也指非常要紧的，如《史记·汲郑列传》记载丞相公孙弘推荐汲黯时说："非素重臣不能任，请徙黯为右内史。""重臣"就是担负国家重任的大臣。对地方而言，如"机房重地，闲人莫入"；对事情而言，如"工作要把握重点"，都是指非常要紧之处。

"重"也是难的意思，如《史记·苏秦列传》："秦欲攻魏，重楚。"是说秦国想攻打魏国，但又怕楚国从中为难。

其他如表示关切、浓厚、爱惜、谨慎都可以用"重"字来形容。

"重"又音 chóng，是叠的意思，也指一层，如李白《早发白帝城》诗："两岸猿声啼不住，轻舟已过万重山。"

也是相同的意思，如"这两个字写重了"。

又是再、另的意思，如"重整旗鼓"。

"重"也指怀孕，因其身体中又有一个身体，所以又叫作"重身"。

类似的例子很多，只要举一反三，都不难理解。但有几个常见却又容易弄错的念法要说明一下。

"安土重（zhòng）迁"是安居一地不轻易迁移之意，不可念成"安土重（chóng）迁"；"身陷重（chóng）围"是陷于重重包围之中，所以"突破重（chóng）围"不可念成"突破重（zhòng）围"。至于"重（chóng）办"还是"重（zhòng）办"，就得看文意而定了。

《夏山欲雨图》 【五代】董源（传）

说文解字｜重，厚也。从壬，东声。凡重之属皆从重。字在"里"部。

亲：音 qīn，本义是至，也就是情意密切而恳到的意思。在人的一生中，对我们情意最密切，照顾最周到的莫过于父母，所以称父母为"亲"。"亲"也泛指族人、婚嫁之事，又是爱、接近及直接从事之意；也是姓氏。又音qìng，如"亲家"。

亲
·金文·

親
·篆·

亲
·隶·

《孟母教子图》 【清】康涛

字义源流

"亲"，音 qīn，字的本义是至，也就是情意密切而恳到的意思。繁体写作：親，从见，亲声。

在人的一生当中，对我们情意最密切，照顾最周到的莫过于父母，所以称父母为"亲"，如《礼记·中庸》："不顺乎亲，不信乎朋友矣。"意思是说不能孝顺双亲的人，便不能得到朋友的信任。

"亲"也泛指所有的亲族，又是爱的意思，如《礼记·中庸》："亲亲诸父，昆弟不怨。"第一个"亲"字是亲爱之意，第二个"亲"字指亲族，是说人只要能亲爱亲族，伯叔兄弟们就不会怨恨了。

"亲"也指婚嫁之事，如"相亲""送亲""结亲""亲迎"。

"亲"也表示直接从事，如"亲子""亲笔""亲眼目睹""亲身体验"。

"亲"也是接近的意思，如《论语·学而》："泛爱众而亲仁。"是说要博爱众人，接近有仁德的人。

"亲"也是姓氏，战国齐国有"亲弗"其人。

"亲"又音 qìng，是男女两家姻戚的通称，彼此称呼对方时常冠以"亲家"二字，如"亲家公""亲家母""亲家兄弟"。

说文解字 | 亲（親），至也。从见，亲声。字在"见"部。

说：音 shuō，是用言语表达情感、解说、主张、评论、责备及说空话的略语。又音 yuè，是剖析事理，使人悦服，同"悦"。又音 shuì，是用言语去打动别人。

字义源流

　　"说"是个形声字，由"言"和"兑"合成，"兑"兼作声符。"说（shuō）"原音 yuè，就是剖析事理使人心悦诚服。由于"说"和"悦"字通用，"悦"的本字就是"兑"，喜乐之义，因此经典中都用"说（yuè）"代替"悦"，如《论语·学而》："学而时习之，不亦说（yuè）乎？"

　　"说（yuè）"后来引申为用言语表情达意，并转音为 shuō，如"说话"。

　　"说"是解说，如"说明""说清楚"。

　　"说"也是主张、立论，如"论说""学说""著书立说"。

　　"说"又是评论，如"说长道短""说人闲话"。

　　"说"是责备，如"说了他一顿"。

　　"说"也是说空话的略语，如"说谎""光说不练"。

　　"说"又音 shuì，指用言语打动别人的心，让他听从或采纳，如"游说""说客"。《孟子·尽心下》："说大人，则藐（miǎo）之。"游说地位高有权势的人，

要轻视他的地位和权势，不要把
这些放在眼里。

　　"说"的右偏旁"兑"，是由
"八""口"和"儿"合成的，"八"
是"分"的古写，"儿"是"人"
的本字，"人"遇到乐事而笑口
常开叫作"兑"，后借为八卦名，
为"兑卦"，且改读音为 duì。于
是加上"心"成为"悦"。

说文　｜　说，释也。从言、兑。一曰谈说。
解字　｜　字在"讠"部。

《如来说法图轴）》 【宋】佚名

总：音 zǒng，是聚合、总括及首领之意。又音 zōng，丝一簇叫一总。又音 cōng，是青色的绢。

《溪山图》 【明】徐贲

210

字义源流

"总"，音 zǒng，字在"心"部。

"总"是将很多丝聚成束的意思，繁体字"總"属"糹"部。后引申为合成、主要的、最高负责人等，如"总计""总共""总司令""总统""总裁"。

"总角"是古时小孩未成年时束发好像两角，并用以比喻童年。"总角之交"就是从幼年即相好的朋友。

"总"又音 zōng，是古代计丝的单位，丝一簇叫"一总"。《诗经·召南·羔羊》："素丝五总。"

"总"又音 cōng，是青色的绢。

"總"字右上偏旁的"囟"是"窗"的本字，中间是两撇一捺，像窗户的格子。写成"夕"字，那是不合造字本义的。

说文解字 | 总（總），聚束也。从糹，悤声。

养：音 yǎng，是用食品来喂动物、供给生活原料，还有生产、调护、修炼、教导、收养及姓氏等意思。又音 yàng，是供养、奉养。

字义源流

金文

篆

养

隶

"养"，音 yǎng，是用食品来喂动物，使它生长，如"养鸡""养蚕"。"养虎遗患"这句成语则是比喻放纵敌人，为自己留下后患。

培植花卉也可叫"养"，如"养花儿""我养了很多蝴蝶兰"。

扶养老年人叫"养老"，对儿童的养育和看护叫"养护"，对道路、建筑、机器等设施随时加以修护也叫作"养护"。

根据以上的含义引申，"养"又当生育讲，如"生养""养了两个孩子""养不教，父之过""养儿防老"。

"养子方知父母恩"，是说一个人到了养育子女时，才知道做父母的艰辛，感受到父母的恩惠。

对身体的调理休息也可叫"养"，如"养伤""养病""养精蓄锐"。

"养"也可指品德修炼的功夫，如"修养""涵养"，孙中山先生曾有一副对联："养天地正气，法古今完人。"

《浴马图（局部）》 【元】赵孟頫

　　"养"也是姓氏，春秋时期楚国有一位善射者名叫"养由基"，箭术百发百中。

　　"养"又音 yàng，是指供养、奉养，特指晚辈事奉长辈。《论语·为政》："子曰：'今之孝者，是谓能养（yàng），至于犬马皆能有养（yǎng），不敬，何以别乎？'"意思是说：现在所谓的孝，是指能在生活上供养父母，你养狗和马，不也得照顾它们吃喝拉撒吗？如果只是在生活上供养父母，内心不存任何的敬意，那跟养狗、养马有什么差别呢？

说文
解字 | 养（養），供养也。从食，羊声。字在"羊"部。

都：音 dū，是大城市、中央政府所在地；又是聚、居、
首领、华丽及大多数等意思。又音 dōu，是皆、尚且的
意思。

字义源流

金文

篆

隶

"都"，音 dū，是地大人多、工商交通发达的
城市，如"都市""大都会"，《史记·货殖列传》：
"然邯郸亦漳河之间一都会也。"

"都"又是一国的中央政府所在地，如"首
都""京都"。"都城""都门"也指国都，如柳永《雨
霖铃》词："都门帐饮无绪，留恋处，兰舟催发。"

由以上含义引申，"都"又可作聚、居讲，如
《汉书·东方朔传》："都卿相之位。"就是居卿相
之位。

"都"又是首领的意思，《直语补证》解释说：
"俗语：'官到尚书吏到都。'吏之呼都，犹今言张
头儿、李头儿也。"所以有"都尉""都统""都督"
等官名。

"都"又可作漂亮、华丽及美盛讲，《诗经·郑
风·有女同车》："洵（实在也）美且都。""丽都"
"都丽"都是美盛的意思。

"都"还是包括多数和总共的意思，如"大都"
就是大多数，"都五十万言""都为一册"均是总共

《故宫图册（局部）》 【南宋】赵伯驹

之意。如曹丕《与吴质书》："顷撰其遗文，都为一集。"

"都"又音 dōu，是皆、俱及通通、统统之意，如"客人都来了"；又是还、尚且的意思，如："他都敢做，你还不敢做？"还是说出结果，表示程度已深的意思，如"腿都站麻了""天都快亮了"。

"丽都"要念 dū，"都来了"则念 dōu，二者有别。

说文解字 | 都，有先君之旧宗庙曰都。从邑，者声。周礼：距国五百里为都。字在"阝"部。

较：音 jiào，是同类事物相比、概略及显明的意思。又音 jué，与"角"通。指非常明显的"彰明较著"，不可误作"彰明昭著"。

字义源流

金文

篆

隶

"较"，音 jiào，指数字运算用减法求得的余数，也叫"差"，如"十与六之较为四"；也作同类事物相比，如"比较""较量""斤斤计较"；也是相比之后显出结果，如"换了工作后，收入较好"。

概略叫"大较""较略"；显明叫"较著（zhù）""较然"，《汉书·张安世传》："贤不肖较然。"就是说皇上对臣子的贤与不贤是十分清楚明白的。

成语"彰明较著"就是非常显明的样子，《史记·伯夷列传》："比其尤大彰明较著者也。"

"较"，也是姓氏，如清人"较无恭"。

"较"，又音 jué。指车箱两旁板上的横木，语见《考工记》。不过这是很古老的解释，今人多不用。

"较"又通"角"，为竞逐的意思，如《孟子·万章下》："孔子之仕于鲁也，鲁人猎较，孔子亦猎较。"猎较，古鲁国的风俗，打猎时人们争夺猎物，夺取后用来祭祀。孔子在鲁国做官时，鲁国人猎较，孔子也猎较。后遂用为入乡随俗之典。

有关"较"字的成语如"较胜一筹"，就是比

《汉宫春晓图（局部）》 【明】仇英

较高明一点；"较如画一"是说规章法令一致，并无差等；"较短量长"就是比较长短，《唐书·韩愈传》："较短量长，惟器与适者。"比较每个人的短处，衡量每个人的长处，按照他们的才能品格分配合适的职务。

　　"彰明较著"一语不可以写成"彰明昭著"。"较"作显明解释，写成"彰明昭著"实属欠当，因"昭"只作光明或表白讲，和"彰明较著"是扯不上关系的。

说文
解字　较（較），车骑上曲铜也。从车，交声。字在"车"部。

候：音 hòu，本义是望，引申而有象征、状况、访问之意，也可指时令。

候：音 hóu，是箭靶、爵位及姓氏。

字义源流

"候"，音 hòu，本义是望，所以古代的哨所、守望台叫作"候"，如《后汉书·光武帝纪》："大将军杜茂屯北边，筑亭候，修烽燧。""亭""候"是古代作为驿站及瞭望之用的建筑物。"烽""燧"是边境上有敌人入侵时燃烧烟火告警的信号。由此一意义引申一切象征与状况都叫作"候"，如烹饪时的"火候"、气象上的"天候"、医学上的"症候"。

"候"也是古代迎送宾客的官员，又指等候、访问，如"恭候光临""造府拜候"。

又如表示卜者"占候吉凶"、医生"候脉诊病"、朋友聚餐时大家"抢着候账"等。

"候"也指时令，如《宋史·礼志》："欲知桑农之候。"所以凡是随着季节迁徙的鸟类叫作"候鸟"，如燕子；随季节而出没的昆虫，就叫作"候虫"，如蟋蟀。

侯　金文矦　篆矦　隶侯

汉字连连看

与"候"字容易弄混的是"侯"字。

"侯"，音 hóu，是古时射箭所用的箭靶，用虎皮做的叫"虎侯"，豹皮做作的叫"豹侯"。"侯"又是古时五等爵位中的第二等，即公、侯、伯、子、男五爵。"诸侯"指统属于天子的列国君长。

"侯"也是美的意思，也可以表示疑问或作为发语词用，但多属古文中的用法。

"侯"也是姓氏，出于"姬"姓，是晋侯"缗（mín）"之后，战国魏有隐士"侯嬴"。"侯莫陈"是复姓，宋有叫"侯莫陈利用"者。

"候""侯"两个字的写法及读音差别都很小，应用时要多加注意。咽喉的"喉"字右边从"侯"，所以不必多写那一竖。

说文解字 | 候（候），伺望也。从人，矦声。字在"亻"部。
矦（矦），春飨所射矦也。从人；从厂，象张布；矢在其下。天子射熊虎豹，服猛也；诸矦射熊豕虎；大夫射麋，麋，惑也；士射鹿豕，为田除害也。其祝曰："毋若不宁矦，不朝于王所，故伉而射汝也。"字在"亻"部。

《十二月令山水册页》 【清】龚贤

给：音 jǐ，是给予、供给、充足及言语便捷等意思。又音 gěi，当交付、代替或被讲。

《宫女图（局部）》 【元】佚名

222

字义源流

"给"，音 jǐ，解释很多，主要作动词用，如"给予"是给人家东西，"供给"是预备财物供人需要；也作丰富讲，表示财用充足，不虞匮乏叫"家给户足"；又作言语便捷讲，形容一个人能说善道，口齿伶俐就叫"口给"或"捷给"。军队里日常所用粮秣、被服、军火、装备的补充供应叫作"补给"，特定年代政府为特定人员眷属定期发放的米、油、盐、煤叫作"实物配给"。

"给"又音 gěi，主要也是作动词用，如"给付"是把东西交到别人手里。也表示对待别人的动作，如"请你给我一本书""这件事给他一个很大的教训"。也当替、为或被用，如"我给（替）他找了个事儿干""青年人应该给（为）国家多做事""大家都给（被）他骗了"。

念 jǐ 还是念 gěi 随习惯而定，一定要找出一个规则来，可以这样说，在文言词语上念 jǐ，如"配给""补给""给假""供给"；有形容词意义的时候也念 jǐ，如"口给""家给户足"。在语音上有动词意义的时候念 gěi，如"给钱""给面子""给他点颜色看看"。

借下面这个例句能帮助了解"给"字的读法："给（jǐ）奖的时候，校长发给（gěi）他一面锦旗。"

说文解字 | 给，相足也。从糸，合声。
字在"糸"部。

家：音 jiā，是人所居住的地方，又指属于家庭的、具有专门学问的人，还作店肆、居住等讲。又音 gū，是对女子的尊称，如汉朝班昭人称"曹大家（gū）"，不可念 jiā。

字义源流

甲骨

篆

隶

"家"是个会意字，收录在"宀"部，"宀"是四面下覆，有堂有室的深屋，下从"豕"，豕是猪，古人驯化野猪为家猪，在其安定的居所里，因此，"家"的本义作居所解，就是人所居住的地方，如"家庭""家乡"。

"家"是指属于家庭的，如"家人""家务""家具"。

"家"也指具有专门学问的人，如"文学家""音乐家"。

"家"也是对人谦称自己的亲戚长辈，如"家慈""家兄"，但对行辈小的，则谦称为"舍弟""舍妹"，不用"家弟""家妹"。

"家"又指店肆，如"饼家""酒家"。杜牧《清明》诗："借问酒家何处有？牧童遥指杏花村。"

"家"作动词用时，当居住讲，如"家于阳明山""家居苍烟落照间"。

"家祠"是家族共立供奉祖先的祠堂，也称"家庙"。

224

　　"家家"是各家的总称，曹植《与杨德祖书》："人人自谓握灵蛇之珠，家家自谓抱荆山之玉。"

　　又北齐称嫡母为"家家（gū gū）"，所以"家"又可念 gū。

　　"家"通"姑"，是对女子的尊称。《后汉书·曹世叔妻传》："班昭博学高才，有节行法度，帝数召入宫，命皇后诸贵人师焉，号曰大家（gū）。""曹大家"就是班昭，不能念成"曹大家（jiā）"。

说文
解字 ｜ 家，居也。从宀，豭省声。字在"宀"部。

部：音 bù，是统辖的意思，又指门类成套的书及书籍的分类。"兵力部署"不宜写成"兵力布署"，"一部机器"而非"一台机器"。

字义源流

部·金文

部·篆

部·隶

　　"部"是统辖的意思，如"部属""部下"都是被统率的人；"部队"是有番号的军队；"部署"是分配布置，也有处理事物的意思，《汉书·高帝纪》："部署诸将。""部阵"一作"部陈"，《晋书·苻坚载记》："坚与苻融登城而望王师，见部阵齐整，将士精锐。""部勒"就是部署约勒，《史记·项羽纪》："阴以兵法部勒宾客及子弟。"以上均属于军中的统属大事。

　　"部"又指机关企业按业务范围分设的单位，如属于中华人民共和国国务院组成部门的"国防部""教育部""财政部"等。

　　"部"也是成套的书，如"一部中文《辞源》"。"部"又是书籍的分类，如经、史、子、集称为"甲部""乙部""丙部"及"丁部"，总称为"四部"。唐朝时骠国乐工编制，也是"四部"。

　　"部首"是我国字典归纳分类的方法之一，凡是偏旁相同的字都归在一起，从笔画少的排到多的，以便检查，如"人部""口部""土部""水部"。

《番部雪围图卷（局部）》 【五代】 胡虔（款）

要注意的是：

第一，在写的方面，如"兵力部署"不宜写成"兵力布署"。

第二，"部"也指机器整体，如"一部机器""两部机车"，许多人说成"一台机器""两台机车"，是没有根据的。

说文解字	部，天水狄部。从邑，音声。字在"阝"部。

被：音bèi，是睡觉时盖在身上的东西；又当受讲，是被动性的助词。又音pī，是披上衣服的意思，和"披"同音同义。"被(pī)发入山"，不可以念成"被(bèi)发入山"。

字义源流

"被"，音bèi，是睡觉时盖在身上的东西，如"棉被""丝被"；"被窝"是把被子折成长筒形状，人可以睡在里面。

"被"是形声会意字，由"衣""皮"合组而成，本义作"寝衣"解。因为是指睡觉时所穿的衣服，所以从"衣"。包裹人全身的是皮肤，寝衣在睡觉时亦包裹全身，所以从"皮"。"被子"则解为扩大形态的寝衣。

"被"又当受讲，如"被人耻笑""被风吹倒"；也是及与达到的意思，如"泽被天下"。

"被"是被动性的助词，表示这种动作是由别人主动的，如"被选""被告""被害""被除数"。

"被子植物"是胚珠被包于子房内，由子房发育成果实的植物。

"被"又音pī，是披上衣服的意思，和"披"同音同义，如"被巾"是女人的领巾；"被衣"是披着衣服不系上带子，与"披衣"相同。

"被发左衽（rèn）"是说披着头发，穿着向左

《杂画图册·夔龙补衮图页》 【明】陈洪绶

扣的衣服，这是古代蛮夷人的风俗；"被发缨冠"是披散着头发，来不及束好，帽带来不及系上；形容急于去救助别人。《孟子·离娄下》："虽被发缨冠而救之可也。"

"被坚执锐"是说身上披着坚甲，手上拿着锐利的武器，《战国策·楚策》："吾被坚执锐，赴强敌而死。"

"被"字有 bèi、pī 两读音，要注意分别，如比喻隐居乐道，不问俗事叫作"被（pī）发入山"，不可以念"被（bèi）发入山"。

| 说文解字 | 被，寝衣，长一身有半。从衣，皮声。字在"衤"部。 |

消：音 xiāo，散尽、灭绝。

销：音 xiāo，是熔解金属及减损之意。消、销在很多地方可通用。"消夜"今又称"宵夜"，"冰消瓦解"与"销其兵刃"中的两个 xiāo 字是有区别的。

字义源流

金文

篆

隶

"消"，是灭绝之意，如《易经》："君子道长，小人道消也。"又指财物的使用或耗费，如"消费""消耗"；当需要讲，如"这件事只消一个月就可完成了"；又有享受、忍受之意，如明末戏曲家阮大铖《燕子笺》："消受，消受，腰比垂杨还瘦！"也有除去之意，如"消炎""消肿""消灾""消毒"。

"消"又有消遣、排遣之意，如李白《宣州谢朓楼饯别校书叔云》诗："抽刀断水水更流，举杯消愁愁更愁。"夜间睡得太晚，需要吃点儿东西来排遣漫漫长夜，称为"消夜"。

"消防"是救火、防火的意思，这个词原本是日本引进语，不过国人多已袭用。

"消息"本是荣枯盛衰，互相交替之意，后来引申为音信之意，如梁元帝《别诗》有句："欲觅行人寄消息。"杜甫诗《送蔡希曾都尉还陇右，因寄高三十五书记》亦有"因君问消息"之句。

销 钞 鎖 鎖

汉字连连看

与"消"字不易分辨的是"销"字。

"销",是熔解金属及减损之意,但在很多地方与"水"部的"消"字通用,如江淹《别赋》:"黯然销魂者,惟别而已矣。"陆游《剑门道中遇微雨》诗:"衣上征尘杂酒痕,远游无处不消魂。"如何取舍,只有随俗而定。

不过要强调两点:

第一,"消夜"今又写成"宵夜"。

第二,"冰消瓦解"与"销其兵刃"句中的两个 xiāo 字仍有区别,应用时要注意选择。

说文解字 | 消,尽也。从水,肖声。字在"氵"部。
销,铄金也。从金,肖声。字在"钅"部。

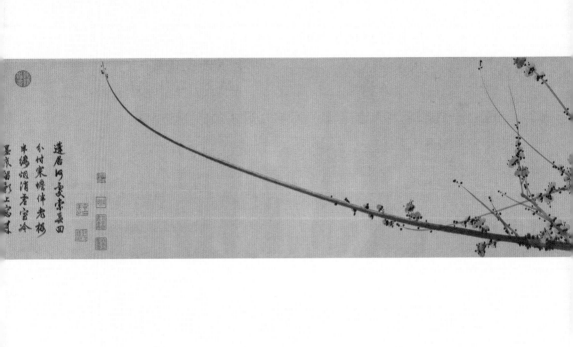

遙想竹
村寒聊伴老梢
半篆烟消香案冷

壬辰
招影上
窓櫺

《春消息图》 【元】邹复雷

商：音 shāng，在名词方面是指做买卖的人；又是朝代、星宿及姓氏。作动词用时，有计议、考虑、斟酌、权衡等意思。在汉字中，没有用"商"作根的形声字，故加上任何偏旁都不成字。

字义源流

"商"字以作名词为主，是指做买卖的人，以前是四民之一，所谓四民就是士、农、工、商。"商业"是指供销商品，从事贸易的营利事业。

"商"是商朝，成汤灭夏，以"商"为国号，共十七世约五百五十五年。

"商"是星宿的名称，常跟"参（shēn）星"连在一起说，如"参商"。"参星"在西，"商星"在东，两颗星出没的时间也不同，所以又以"参商"比喻双方不能相见。杜《赠卫八处士》甫诗："人生不相见，动如参与商。"

"商"也是姓氏，战国时在秦国变法的卫鞅封于"商"，子孙以为氏。

"商"字作动词用的也不少，凡是两人以上在一起讨论或计划事情便叫作"商"，所以有计议、考虑、斟酌、权衡等含义，如"洽商""商量""面商""商酌""商议""商讨"。

"商数"是数学中两数相除所得的值。

"商标"就是牌子，用图案作商品的标记，经

《货郎图》 【南宋】李嵩

政府核准注册后可取得专利权，其他人不得仿冒使用。

在汉字中没有用"商"作根的形声字，因此加上任何偏旁都不成字。但与"商"十分形近的"啇（dí）"字却能演变出很多形声字来，如加"水"为"滴"，加"扌"为"摘"，加"女"为"嫡"，加"辶"为"适（適）"等。

说文
解字

商，从外知内也。从卨，章省声。字在"一"部。

期：音 qī，是时间、百岁、界限、希望、得到及很的意思。又音 jī，指一周年，与"朞"字通；"期年"不念"qī 年"。

字义源流

金文

篆

隶

"期"，音 qī，指时间，如"时期""期间"。李商隐《夜雨寄北》诗："问君归期未有期，巴山夜雨涨秋池。"

人活到一百岁叫"期"，如"期颐"。《礼记·曲礼》："百年曰期颐。"所以"期颐衍庆"及"期颐之年"都是庆贺百岁人瑞的祝辞。

"期"又是界限，如"万寿无期"；也指约定的时间和约定的相会，如"定期开业""后会有期"。《诗经·鄘风·桑中》："期我乎桑中。"

"期"也是希望，如"期求""期望""期待""期成"，《尚书·大禹谟》："刑，期于无刑。"

"期"也是得到的意思，陶渊明《归去来辞》："富贵非吾愿，帝乡不可期。"富贵不是我所求，升入仙界也没有希望。

"期期"是口吃，说话不流利的样子，如"期期艾艾"，语出西汉周昌口吃，往往重说"期期"；三国魏邓艾也口吃，爱重言"艾艾"，后来因以"期期艾艾"形容口吃。后人也以"期期"表示极、很

的意思，如"期期以为不可"。

"期"又音jī，是一周年，如"期年"。《论语·阳货》："钻燧改火，期可已矣。""期可已矣"说一年就可终止了。"期月"除指满一个月外，也作一年讲。《论语》："苟有用我者，期月而已可也。"

"期"字qī音，"期年""期月"不可念"qí年""qí月"。

说文解字 | 期，会也。从月，其声。字在"月"部。

提：音 tí，是下垂着手拉或拿东西、带领、前挪及举、取、摘和说等意思。又音 dī，手里提着叫"提溜"。又音 shí，"朱提"是山名、地名，也是银的别名。

字义源流

金文

篆

隶

"提"，音 tí，是说手拿着东西的上部，让东西向下垂着，如"提篮""提灯"；又是悬在上面，如"写大字要提腕""提着一口气"；又是由下往上拉，如"提升""把袜子往上提一提"。

"提"是把时间往前挪，如"把日期往前提几天"；又是取出的意思，如"提炼""提款"；也是拿出、举出的意思，如"提议""提名"；又可作说、说起讲，如"旧话重提""这种事别提了"；又是振作的意思，如"提起精神来"。

"提"还有带领、管领之意，如古代有"提督""提举""提点""提刑"等官名，都是本总领之义。

"耳提面命"是一再叮咛，《诗经·大雅·抑》："匪面命之，言提其耳。"

"提纲挈领"是把握要点，好像提网的纲绳，挈衣的领口；"提心吊胆"则是紧张不安的样子。

"提"又音 dī，如"提溜（dī liu）"，就是手里提着的意思，"溜"字要轻读。

"提"又音 shí，"朱提（shí）"是山名也是地名，在四川省宜宾西南。这个地方自古有银矿，后人便以"朱提（shí）"为银的别名；也可以念"shū shí"。

"提提（shí shí）"是步行安静舒适的样子，如《诗经·魏风·葛屦》："好（hǎo）人提提。"也是鸟儿群聚的样子，如《诗经·小雅·小弁》："归飞提提（shí shí）。"

《提婆王图》 【元代】佚名

强：有 qiáng、qiǎng、jiàng 三个读音。意义与用法常因读音而异，如"强（qiáng）记"是说记忆力很强，"强（qiǎng）记"则是勉强记住；"强（jiàng）辩"是有力的辩论，"强（qiǎng）辩"则是明知理屈仍然同别人辩论；"个性好（hào）强（qiáng）"与"个性好（hǎo）强（jiàng）"意义不同。

字义源流

"强"，音 qiáng，其来源有二：一是"彊"，指弓遒劲有力，后来被"强"字取代了。二是"強"，虫为形，弘为声，本为虫名，指米中虫，也叫蚚（qí）。后"彊""強"统一规范为"强"。

"强"是强而有力，如《礼记·曲礼》："三十曰壮，有室；四十曰强，而仕。"是说男子在三十岁的时候身体健壮，可以结婚成家；四十岁的时候，志气坚定，可以出来做官了。由这个意义引申，凡是弱的反面都叫作强，如"强盛""强大""强权""强横"。

"强"也指过半，如欧阳修《退居述怀寄北京韩侍中二首》诗："强半光阴醉里销。"

"强"也是较好的，如"我比你强"。

"强"也表示数量有余，如超过 15% 还不到 16%，可以说"百分之十五强"。

"强"也是姓氏，是郑大夫"强"之后。

"强"又音 qiǎng，是迫使之意，凡是自己本来不喜欢而又迫于某一原因不得不喜欢的事物或言行

《获鹿图卷》 【五代】李赞华

都叫"强"，如"强辩""强记""强求""强制"。

"强"又音 jiàng，是固执不柔顺之意，如一个人不听劝告叫作"个性倔强"。

"强"字有 qiáng、qiǎng、jiàng 三个读音，意义与用法常因读音而异。如"强（qiǎng）记"则是勉强记住，"强（jiàng）辩"是有力的辩论，"强（qiǎng）辩"则是明知理屈仍然同别人辩论；"强制执行""强迫教育""强颜欢笑""强词夺理"的"强"都应念 qiǎng，不可念成 qiáng。"个性好（hào）强（qiáng）"与"个性好（hào）强（jiàng）"意义迥然不同。

说文 | 强，蚚也。从虫，弘声。字在"弓"部。
解字 |

就：音 jiù，用法很多，"就里"就是内情，不宜写成
"究里"。

究：音 jiū，是细心推求及到底。

字义源流

"就"，音 jiù，这个字用得非常广泛，基本的意义有：担任，如"就职""就业"；接近，如"就位"；归从，如"反邪就正"；成功、确定，如"功成名就"；即刻，如"我就来"；前往，如"就医"；表示推论，如"就算""就使"；仅、只、单单，如"大家都来了，就他一人缺席"。

"就"又是表选择的连接词，如"不是你死，就是我活"。

"就"字的成语也不少，如"就事论事""就地取材""日就月将"等，不胜枚举。

"歹徒广设骗局，一些不明就里的人很容易上当。""就里"就是内情，"不明就里"是说不明其中情况或来龙去脉。又如："不明就里，请勿妄下评论。"

有人未深研"就"字的释义，往往写成"不明究里"，这样似是而非的用语，实在不宜见诸文字。

究 金文 篆 求

汉字连连看

　　"究"，音 jiū，一般作推求讲，如"研究""寻根究柢"；极、到底，如"究竟""究应如何处理"；审问，如"究办""究诘"。

　　"就""究"二字之所以会弄混，大概以为"不明就里"和"不明究里"差不多，这一来便把"就"字换成"究"字了。这很明显地犯了望文生义的毛病。

　　"不明就里"不可以写成"不明究里"，再次强调一下。

说文　就，高也。从京，从尤。尤，异于凡也。字在"尤"部。
解字　究，穷也。从穴，九声。字在"穴"部。

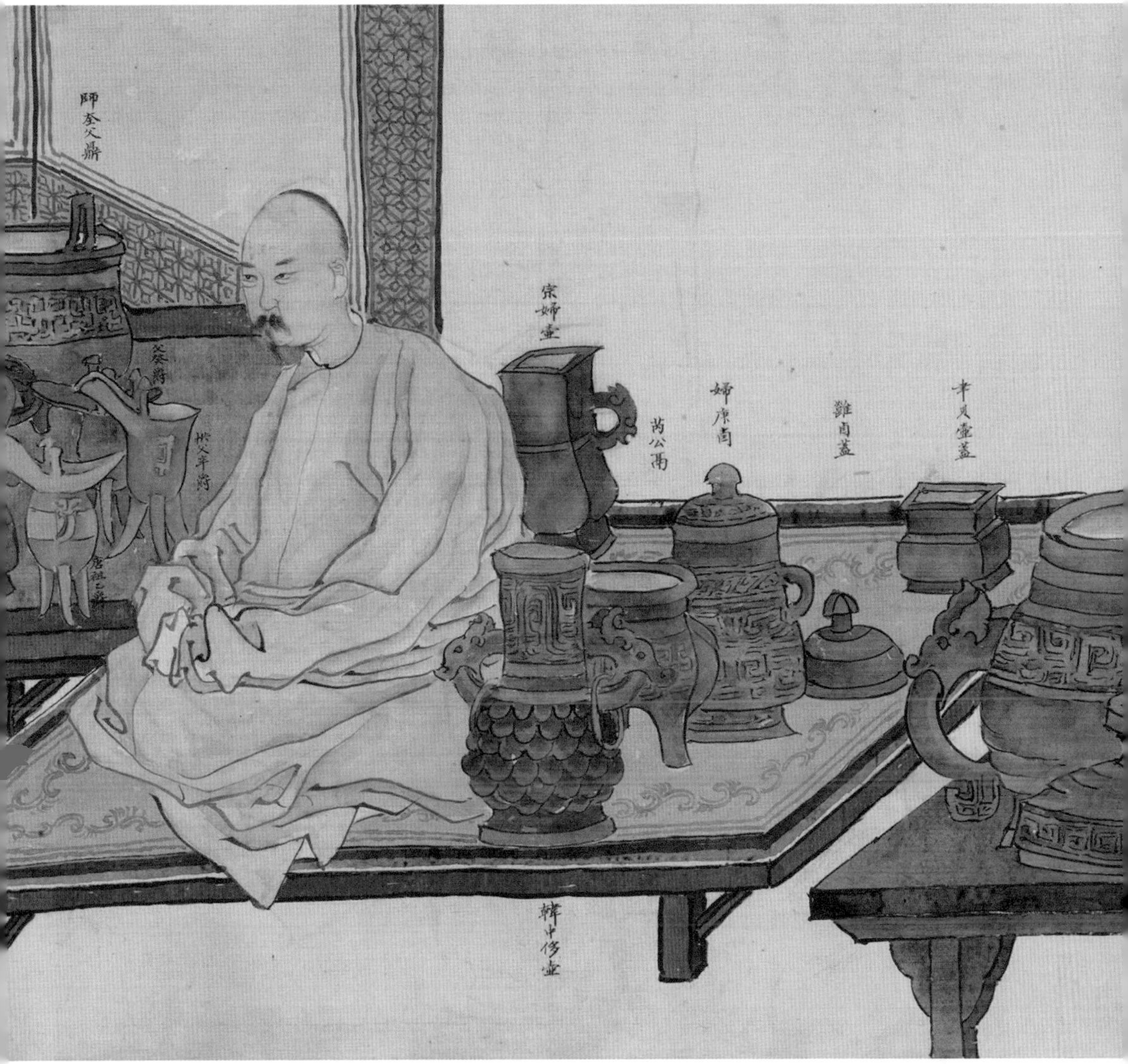

《愙斋集古图卷（局部）》 【清】 任薰

数：音 shǔ，是检点数目，如"数典忘祖"。又音 shù，是计算事物多少的名称；又作数学、技艺、学术及命运等讲。又音 shuò，是屡次、频频的意思。读音不同，意义有别。

字义源流

金文

篆

数

隶

"数"，音 shǔ，就是检点数目，如《礼记·曲礼》："问国君之富，数地以对。"就是问国君的财富，计算其土地来回答。

"数典忘祖"是春秋时晋国大夫籍谈见周景王的一段故事。籍谈的祖先是掌管晋国典籍的人，他竟然忘了根据典籍来与景王对话，所以《左传·昭公十五年》记载周景王的话："籍父其无后乎？数典而忘其祖。"后人遂用"数典忘祖"这句话来骂人忘本。

"数往知来"则是出自《易经·说卦》："数往者顺，知来者逆。"意即根据过去的事情测知未来的事情。

"数"又音 shù，是计算事物多少的名称，如"数目""数量""多数""少数"。古人对于"数"的解释很多，礼、乐、射、御、书、数六艺中的"数"就是"数学"；《孟子·告子上》"今夫弈之为数，小数也"中的"数"是技艺；《荀子·劝学》"其数则始乎诵经"中的"数"是一般学术；《史记·李

将军列传》"以为李广老，数奇（jī），毋令当单（chán）于"中的"数"指命运。

"数"又音 shuò，是屡次、频频的意思，《论语·里仁》："事君数，斯辱矣；朋友数，斯疏矣。"是说事君、交友如果一再规劝，便会受到侮辱或疏远。又是细密的意思，如《孟子·梁惠王上》："数罟（gǔ）不入洿（wū）池。"是说不要用细密的网去捞鱼，这样才能使小鱼不断地成长。

"数"字常用的有 shǔ、shù、shuò 三个音，意义各不相同，如："数（shǔ）数（shǔ）看，这种数（shuò）见不鲜（xiǎn）的事，你应该心里有数（shù）。"要注意辨别。

说文
解字 ｜ 数，计也。从攴，娄声。字在"攴"部。